DIE ZWOOTE

GOLLENSTEIN

Hören, was ein Land fühlt.

FRIEMELEIEN 2

MICHAEL FRIEMEL

INHALT

VorGefriemel 8

In der Sauna – Teil 1 10

In der Sauna – Teil 2 12

Antizyklisches Shoppen 14

Camille 16

Die aktuelle Steißlage 18

In der Champagne 20

Kleine Sünden … 22

Kreislaufhuddel 24

Mahl-Zeit 26

Maria Treben 28

Alpenpanorama 30

Was für ein Mann 32

Liebe liest keine Preisschilder 34

Sauber und rein 36

Im Krankenhaus	38
Sofa – so good	40
Und es war Sommer	42
Ein Tag am Strand	44
Mikro-Lesung	46
Prosopagnosie	48
Einladung zum Bayerischen Abend	50
Made in Germany	52
Auf der Suche nach dem eigenen Ich	54
Die bleiben so klein	56
Friemels große Siphonie	58
Das Büffet ist eröffnet	60
Friemel lebt in Trennung	62
Phänomene der Luftfahrt	64
Verschwörungstheorie	66
Kindergeburtstag de luxe	68
Landefeuer im Garten	70

Leergut	72
Ohne Moos nix los	74
Von Walkern und Wacklern	76
Im Museum	78
Erfolgreich abgeschleppt	80
An der ALDI-Front	82
Danksagung	84
Der Liebsten mal wieder den Hof machen	86
Von wegen: Draußen gibts nur Kännchen	88
Die Fahrkarten bitte	90
Entdecke die Möglichkeiten	92
Parken gegenüber verboten	94
Sankt Martin, Sankt Martin…	96
Türchen für Türchen	98
Die Schlacht um den Tannenbaum	100
Zum Autor	102

VORGEFRIEMEL

Willkommen zurück in meinem Leben! Schön, dass Sie wieder dabei sind. Sollte dieser zweite Band der „Friemeleien" Ihr erster sein, darf ich Sie beruhigen: Sie haben zwar etwas verpasst, können aber ganz unproblematisch zusteigen.

Seit dem Erscheinen des ersten Büchleins ist viel geschehen. Und ich wette: Oft sind uns die gleichen oder zumindest sehr ähnliche Dinge passiert. Davon ist hier zu lesen. Von eilig für den unvorhergesehenen Krankenhausaufenthalt gekauften Schlafanzügen und Trennungsgeschichten an der Mülltonne. Von großen Sofas in kleinen Gärten und kleinen Männern vor großen Sandburgen. Und von all dem, was sich in meinem Leben speziell nach dem Erscheinen des ersten Bandes zugetragen hat. Immer wieder haben sich bei den Lesungen Dinge ereignet, die gleich wieder zu einer neuen Friemelei verarbeitet wurden. Da sind Menschen im Aufzug stecken geblieben und haben sich während der Lesung lautstark durch Klopfgeräusche bemerkbar gemacht. Da wurde das kircheneigene Megafon von der Fronleichnamsprozession für die Friemel-Lesung zweckentfremdet, und da ließen sich wildfremde Menschen wildfremde Bücher von mir signieren.

Die absurdeste Nummer ist aber aus der Geschichte „Das finnisch unanständig" entstanden. Habe ich sie bei den ersten Lesungen einfach nur vorgetragen, so hat sich diese Sauna-Episode aus Band Eins im Laufe der Wochen mehr und mehr zu einem amüsanten Dialog mit dem Publikum entwickelt. Viele Menschen hatten große

Freude dabei, sich den Friemel im Gewirr von rasierten Schönlingen und duschenden Matronen vorzustellen.

Das gipfelte dann in der Anfrage eines großen Saunabetreibers, ob ich mir nicht vorstellen könne, mal eine Lesung für seine Besucher bei 90 Grad im Schweiße meines Angesichts zu halten. So, wie Gott mich schuf. Ich weiß bis heute nicht, was mich geritten hatte, aber fasziniert von der skurrilen Vorstellung sagte ich Ja. Und handelte mir damit die Schlagzeile ein „Die heißeste Lesung Deutschlands!"

Oder wie eine Besucherin es süffisant zusammenfasste, nachdem sie mich eingehend von oben bis unten gemustert hatte: „Das war aber Ihr Kurzprogramm?!"

IN DER SAUNA – TEIL 1

Wie die Leser des ersten Bandes wissen, bin ich in meinem Leben erst sehr spät zur Sauna gekommen. Aber wer hätte mich auch heranführen sollen? Meine Eltern hielten das immer für eine unanständige Veranstaltung, ja schon meine Oma war der Meinung, Sauna sei nur etwas für Evangelische und Studenten.

Inzwischen weiß ich, dass man dort durchaus unanständige evangelische Studenten treffen kann. Aber eben auch den einen oder anderen anständigen Katholiken.

Ja, ich kann heute sagen: Ich gehe gerne ich die Sauna. Wobei ich wählerisch geworden bin, bei den Saunen, die ich besuche. Denn viele haben so ihre Tücken!

Kürzlich war ich mit meiner Frau im Saunabereich eines großen Saarbrücker Erlebnisbades. Wir waren gleich morgens nach der Öffnung da, weil dann die Chancen größer sind, nicht ganz so viel Aufmerksamkeit auf mich zu ziehen. Denn die Saarländer gucken dann zwar in der Regel freundlich, mir aber in der Sauna nicht in die Augen …

Zuerst vereinbarte ich an der Servicetheke einen Termin für eine Teilkörpermassage, denn der Nacken tat mal wieder weh. Um 11.15 Uhr war noch was frei. Da blieb vorher genügend Zeit für einen ersten Saunagang, bei dem es uns in die Meditationssauna verschlug. Waren Sie mal in einer Meditationssauna? Da sind Sie nach 10 Minuten so was von nervös durch das ganze sphärische Geklimper aus den Lautsprechern und die ständig wechselnden Lichtszenen wie nie zuvor in Ihrem Leben.

Aber jedenfalls – oder vielleicht gerade deswegen – schienen wir dort nahezu alleine zu sein. Am Eingang lag lediglich ein älterer Herr, über den wir mit einem großen Schritt drüberstiegen wie über ein Hundehäufchen auf einem Grünstreifen, und in der hinteren linken Ecke garte noch ein Pärchen vor sich hin, das uns aber auch keine Aufmerksamkeit schenkte. Als nach etwa fünf Minuten die Tür aufging, ahnte ich noch nicht, dass das etwas mit mir zu tun haben könnte. Aber da erhob der Bademeister seine Stimme und fragte: „Ist der Herr Friemel hier drin?" Ich überlegte, ob ich überhaupt antworten sollte, aber das übernahm schon der ältere Herr am Eingang: „Jo, der leit mit seiner Frau do hinne im Egge!" Leicht verschämt gab ich mich zu erkennen und fragte, was denn los sei. Da teilte mir – das heißt UNS allen – der Bademeister mit, dass sich meine Teilkörpermassage eine Viertelstunde nach vorne verschoben habe.
Fragen Sie mich nicht warum, aber nachdem er wieder draußen war, fühlte ich mich irgendwie verpflichtet, den drei anderen Mitsaunierern zu erklären, welcher Körperteil denn da gleich massiert werden würde.
Dann drehte ich mich zu meiner Frau und bekundete ihr meine Freude darüber, dass uns der Bademeister Gott sei Dank gleich gefunden hatte.
Dem war aber nicht so. Das erkannten wir, nachdem wir die Meditationssauna wieder verlassen hatten. Denn schätzungsweise jeder Dritte sprach mich an. Mit dem netten Hinweis: „Herr Friemel, Ihre Teilkörpermassage verschiebt sich um `ne Viertelstunde!"
Wie sich herausstellte, war die Meditationssauna die letzte aller Saunen gewesen, in denen der gute Mann uns gesucht hatte.

IN DER SAUNA – TEIL 2

Nach dieser Erfahrung in der Sauna eines riesigen Kombibades war klar: wenn überhaupt noch mal Sauna, dann nur noch dort, wo mich weniger als ein Drittel der anderen Nackedeis kennt. Und da hatte mein Freund Achim die perfekte Idee. Er kannte ein Hotel, das aufgrund seiner Lage an der Autobahn vornehmlich von orts- und friemelfremden Handlungsreisenden aus anderen Teilen Deutschlands besucht wird. Und dieses Hotel verfügt über einen kleinen, feinen Saunabereich, den man auch nutzen kann, wenn man kein Hotelgast ist. Und genau das taten wir. Es war ein Samstag im Dezember und die meisten Geschäftsleute waren abgereist. So hatten wir den Wellnessbereich komplett für uns. Nach einem kurzen Aufwärmen im Dampfbad ging es gleich in die heiße 90-Grad-Sauna. Und weil ich ein Weichei bin, auch gleich wieder raus …

Keine vier Minuten hatte ich es in der brütenden Hitze ausgehalten. Mit schwächelndem Kreislauf und beschlagenen Brillengläsern stand ich da und hechelte vor mich hin. Mir war nach einer Abkühlung. Also öffnete ich die Tür zum Außenbereich und trat in die frische Winterluft hinaus.

Herrlich. Mein Kreislauf stabilisierte sich schlagartig und auch die Brille bot wieder klare Sicht. So konnte ich zum Beispiel sehen, wie der Kellner im gleich nebenan gelegenen Restauranttrakt des Hotels Tische eindeckte. Wir nickten uns freundlich zu.

Und während ich so dastand und nickte und sah, wie er Gläser verrückte, schoss es mir plötzlich saunaheiß

durch den Kopf: Wenn ich IHN sehe, wie er Gläser verrückt, dann … ja, dann musste er doch auch MICH sehen, wie ich IHN beim Gläserrücken beobachtete. Aber ich hatte kaum Zeit, mir darüber weitere Gedanken zu machen. Denn in genau diesem Moment flog hinter mir die Tür zum vermeintlichen Außenbereich auf und mein Freund Achim stürzte heraus. Bekleidet mit einem Saunatuch. Im Gegensatz zu mir. Der ich da an der frischen Luft stand, wie Gott mich geschaffen hatte.
Entsetzt rief er mir zu: „Michael, Du bist durch die falsche Tür raus."
Dank meiner beschlagenen Brille hatte ich den Notausgang erwischt. Und stand, wie ich nun erfuhr, mitten auf dem Hotelparkplatz.

ANTIZYKLISCHES SHOPPEN

Manchmal wird uns Verbrauchern ganz schön viel Vorstellungskraft abverlangt. Wir müssen heutzutage geradezu hellseherische Fähigkeiten mitbringen, wenn wir einkaufen gehen.
Denn nix ist mehr dann erhältlich, wenn wir es eigentlich brauchen. Stichwort: Antizyklisches Shoppen. Immer häufiger sind wir gezwungen, Dinge zu kaufen, für die wir aktuell noch gar keine Verwendung haben. Aber wenn es soweit ist, dass wir sie bräuchten: Pustekuchen.
Oder haben Sie im Januar mal noch irgendwo eine Winterjacke bekommen? Das wird Ihnen nur schwer gelingen. Außer, Sie tragen Mini- oder Übergröße, für die Sie dann zum ersten Mal dankbar sind, weil die auf der Stange mit der Restware hängengeblieben ist. Kaum ist dann Februar, weist meine Frau mich darauf hin, dass wir unserem Kleinen jetzt bald ein paar Sandalen für den Frühsommer kaufen müssen, weil wir sonst keine mehr bekommen werden. Im Februar! Und das ist weder Witz noch Satire! Bei Kinderschuhen steht man zusätzlich vor der Herausforderung, die Schuhgröße fünf Monate im Voraus erahnen zu müssen, was selten gelingt, weil die Stöpsel dann plötzlich doch mal wieder unerwartet einen Schuss gemacht haben. Das im Inneren eines Bekleidungsgeschäftes vorherrschende Angebot steht in unseren Breiten üblicherweise in einem starken Kontrast zum außen vorherrschenden Wetter.

Für eine Sommerreise wollte ich mir im August noch schnell ein Paar khakifarbene Shorts kaufen, aber Pustekuchen. Während am St. Johanner Markt alle schwitzten und am Eis leckten, war in den Geschäften nur noch die (kommende) Herbst- und Winterkollektion erhältlich. Wenn ich aber noch ein paar Wochen Geduld hätte, könnte ich schon mal einen Blick auf die neue Sommerware fürs nächste Jahr werfen. Die Verkäuferin fand das auch gar nicht ungewöhnlich. Viel eher irritierte sie da ein Kunde wie ich, der doch tatsächlich im Sommer Sommerkleider kaufen wollte.

An einem Samstag im November führt ein großes Saarbrücker Warenhaus regelmäßig seinen „Mantelsamstag" durch. So nennen sie dort den Tag, an dem es auf alle Wintermäntel und -jacken dicke Prozente gibt, damit die Lager geräumt werden können. Anfang November – der erste Schnee steht da meistens noch aus! Und wir müssen uns schon wieder Gedanken darüber machen, welches Üwwergangsjüppche wir denn an Ostern tragen wollen.

Apropos Ostern: Der Wahnsinn beschränkt sich ja nicht nur auf Kleidung. Weiße Eier, die sich gut zum Färben eignen, müssen wir schon kurz nach Rosenmontag besorgen, hart an der MHD-Grenze. Die schönsten Adventskalender kauft man im September, weil im Oktober nur noch die Restposten übrig sind.

Und Ende August sieht man immer häufiger Hobbygärtner, die ihre prächtige, in voller Blüte stehende Sommerbepflanzung aus den Balkonkästen schmeißen. Warum?

„Ei später krische kään Erika mehr …"

CAMILLE

Sie war die Heldin meines letzten Frankreich-Urlaubs: die kleine Französin Camille – ich schätze sie mal auf etwa acht Jahre –, die mit ihrer Oma im Restaurant an einem der Nachbartische saß.

Ach, was heißt „saß". Sie dinierte. Mittagstisch. Und wer sie dabei beobachtete, der konnte Zeuge davon werden, dass der Unterschied zwischen Deutschen und Franzosen, was Kulinarik anbelangt, schon in jungen Jahren stark ausgeprägt ist. Oder besser: angelegt wird. In diesem Fall wohl von der Oma. Sie schien der Kleinen im Laufe ihrer ersten Lebensjahre alles beigebracht zu haben, was man als Gourmet und Gast in einem französischen Restaurant beherrschen muss.

Das beginnt bereits bei der richtigen Wertschätzung des Tagesordnungspunktes „Mahlzeiteneinnahme" und der damit verbundenen Zeitplanung.

Als wir eintrafen, waren die beiden schon bei der ersten Vorspeise, und als wir dann nach zwei Stunden gingen, blickten Oma und Enkelin mit freudiger Erwartung dem Käsewagen entgegen. Und ich meine das mit der „freudigen Erwartung" absolut ernst. Ich habe noch nie ein so kleines Kind mit so viel Genuss essen sehen.

Camille zelebrierte jeden einzelnen Gang. Sie ließ nie eine Unsicherheit bei der Wahl der richtigen Gabel erkennen, ja, sie hantierte insgesamt sehr versiert mit den Utensilien und wusste sich auch zu benehmen.

Wir erlebten sie in diesen etwa 120 Minuten bei einer kleinen Muschelvorspeise, gefolgt von einem leichten Sommersalat. Dann wurde Werkzeug geliefert: Zangen, Hammer, Pinzetten und Abfalleimerchen für das nächste Abenteuer: den Genuss einer halben Seespinne. Wo andere Kinder laut „liihhhh" geschrien hätten, knackte Camille mit Hingabe ihre dritte Vorspeise und arbeitete das feine Muskelfleisch mit einer Präzision heraus, die echte Leidenschaft für gutes Essen dokumentierte. Es folgte eine zartrosa Lammkeule, die sie genauso ratzeputz verspeiste wie die sich anschließende Erdbeer-Zabaione. Danach lehnte sie sich im Stuhl zurück und sah einfach glücklich aus. Wir schauten oft zu ihr rüber. Und versuchten, uns Camille in einem deutschen Restaurant vorzustellen, in dem ihr der Kellner kommentarlos eine bunte Kinderkarte hingeknallt hätte, mit so leckeren Gerichten wie „Tom & Jerry", „Ariel" oder „Gesichterpizza".

Camille brauchte in diesen beiden Stunden auch keine Blätter zum Ausmalen, geschweige denn einen Gameboy oder iPod.

Ja, ich gebe zu: Camille war mir sympathisch. Genauso wie ihre Oma, die das Kind offenbar einfach ernst nahm. Ein schöner Mittag war das.

DIE AKTUELLE STEISSLAGE

Sie werden sich fragen, warum geht er mit diesem Thema an die Öffentlichkeit? Er hätte den Besuch im Sanitätshaus doch auch einfach totschweigen können.

Ja, hätte ich machen können. Aber das Risiko, dass sich die anderen Anwesenden bei meinem Einkauf an eben diesem Ort weniger diskret verhalten, ist nicht zu unterschätzen, und so möchte ich wenigstens mit den RICHTIGEN Fakten an die Öffentlichkeit gehen.

Was war passiert – warum musste Friemel ins Sanitätshaus? Ein kleiner, glimpflich abgelaufener Unfall. Ich war die Treppe runtergefallen. Mit der Folge, dass ich mir neben einer Menge blauer Flecken vor allem eine sehr schmerzhafte Prellung am Steiß zugezogen hatte. Im Stehen war ich in den darauffolgenden Tagen ein Held – aber alle sitzenden Tätigkeiten bereiteten mir seither ungeahnte Freude. Und nachdem beim Orthopäden festgestellt worden war, dass lediglich Geduld und ein paar Schmerztabletten in den nächsten Wochen für Linderung sorgen würden, bekam ich im Wartezimmer noch einen freundlichen Zusatztipp! Ich solle mir doch im Sanitätshaus ein spezielles Ringkissen besorgen. Das wäre ideal nach Geburten und eben auch bei Steißprellungen, um den Bobbes an der entscheidenden Stelle vor schmerzhaftem Kontakt mit jeglichen Sitzflächen zu bewahren.

Das ließ ich mir nicht zweimal sagen, denn irgendetwas musste passieren. Auto fuhr ich nämlich seit dem Sturz nur noch in der Hocke (probieren Sie's mal aus,

Sie werden Muskelgruppen kennenlernen, von deren Existenz Sie bisher nichts ahnten), und Moderieren ging auch nur noch stehend.

Im Sanitätshaus angekommen wurde ich von einer kompetenten und mitfühlenden Mitarbeiterin bestens beraten, aber all mein Flüstern nutzte nix – die vier Damen um die siebzig, die ebenfalls darauf warteten, bedient zu werden, hatten einen großen Spaß dabei, zu beobachten, wie wir die für meinen Bobbes passende Ringgröße ermittelten.

Nach ein paar Minuten ging ich dann in die Offensive und wir wählten das Ding einfach alle gemeinsam aus. Und in der Tat: Die Damen hatten unbezahlbare Tipps bezüglich Lochdurchmesser, Sitzhöhe und Kissenmaterial für mich parat.

Als sie mir dann aber auch noch eine Sitzerhöhung für die Toilette empfehlen wollten, zog ich die Reißleine: Mädels, gebt mir noch 30 Jahre – es war doch nur ein Treppensturz!

IN DER CHAMPAGNE

Wie kann man nur so gierig sein. Was ich kürzlich an einer französischen Autobahn erlebt habe, hat mich doch in der Tat zum Schmunzeln über mich selbst gebracht. Ich war mit einem Fernsehteam auf dem Weg zum Fähranleger in Le Havre. Noch etwa 100 Kilometer vom Ziel entfernt, legten wir eine Rast an einer Tankstelle mit angeschlossenem Bistro ein. Zuvor waren wir durch die Champagne gerollt und hatten uns an all den klangvollen Namen der Kellereien erfreut, die da in herrlicher Landschaft an uns vorbeizogen.

Jedenfalls standen wir nun so um einen Bistrotisch in der Tanke herum und schlürften Kaffee, als ein sichtlich aufgeregter Engländer zur Schiebetür reinkam. Schon das Auftreten und die Kleidung signalisierten: Das war kein armer Mann. Und als wir seinen Hilferuf an der Theke mitverfolgten, verfestigte sich dieser erste Eindruck. Auf Englisch ersuchte er um Hilfe. Und war damit eigentlich schon gescheitert, bevor er sein Anliegen zum Ausdruck bringen konnte. Wir hörten deutlich etwas von „... gerade aus der Champagne ... Bentley ... Panne ... Reserverad im vollgepackten Kofferraum ..."

In diesem Moment hat es bei uns vieren von der SR-Tankstelle schlagartig Klick gemacht. Ich glaube, wir alle sahen uns schon kistenweise Schampus zum Dank für unsere großartige, uneigennützige Hilfeleistung in den SR-Bus umladen.

Sofort gingen unsere Arme hoch und wir boten – ohne, dass wir uns auch nur hätten abstimmen müssen – spontan unsere Hilfe an. Es war ein Bild für die Götter. Keine fünf Minuten später lag ich mit dem Wagenheber unter einem silbernen Bentley, aus dessen Kofferraum mein Redakteur zuvor 26 Kisten Champagner auf den Gehweg geladen hatte. Der Tonmann drehte das Schlüsselkreuz und unser Kameramann hiefte das Reserverad aus dem Kofferraum. Der Engländer lief die ganze Zeit freudig erregt um seine Luxuskiste und wurde nicht müde, zu erklären, wie sehr er sich doch bisher in den Deutschen getäuscht hätte.

Wir ahnten: Wir waren gleich am Ziel. 26 Kisten à sechs Flaschen, da sollte doch mindestens eine Kiste für jeden von uns drin sein. Und wenn pro Helfer auch nur eine Flasche abfallen würde, hätte sich die Mühe doch schon gelohnt.

Nach 15 Minuten waren wir fertig. Rieben unsere schmutzigen Hände an Tempotüchern ab und bemühten uns, möglichst überzeugend zu behaupten, dass die ganze Aktion doch eine Selbstverständlichkeit gewesen sei und wir keineswegs erwarteten, dass er sich in irgendeiner Form erkenntlich zeige. Aber der Brite ließ sich nicht davon abbringen. Er ging zur Hintertür seines Autos und öffnete sie. Uns war klar: Wir hatten im richtigen Moment, an der richtigen Stelle alles richtig gemacht.

Und dann kam er ums Auto herum. Leichtfüßig. Beschwingt. Jedenfalls nicht schwer beladen. Und drückte mir stellvertretend für uns alle eine Packung in die Hand.

Sie wog 150 Gramm. Champagnertrüffel.

KLEINE SÜNDEN ...

Oh, Mann – kleine Sünden bestraft Gott sofort. An dieses Sprichwort musste ich kürzlich denken, als ich mich mal wieder als Heimwerker versucht habe.

Die Gummimagnetverschlüsse an der Duschabtrennung waren ausgeleiert. Kennen Sie sicher auch: diese magnetischen Schienen, welche die beiden Duschtüren beim Schließen zusammenhalten sollen. Als meine Frau sagte: „Da lassen wir mal den Installateur kommen!", war mir klar: So ein Quatsch – das machen „wir" selbst. Die Dinger kann man doch sicher im Internet bestellen, und das Anbringen wird auch keine Hexerei sein.

Und: In der Tat, keine drei Tage später waren sie in der Post. Dass sie nicht ganz genau passten, weil sie für ein etwa einen Millimeter dickeres Glas geeignet waren und somit an meiner Duschabtrennung zu viel Spiel hatten und ständig runterrutschten, das hätte ich natürlich niemals zugegeben. Nicht vor meiner Frau.

Also habe ich mir im Baumarkt Sekundenkraftkleber „GLAS & CO" gekauft und mich damit heimlich ins Badezimmer geschlichen, zum unauffälligen Nachkleben.

Während ich so dastand und den Sekundenkleber auf Schienen und Duschabtrennung verteilte, musste ich schmunzeln. Ich erinnerte mich plötzlich an die Warnungen meines Vaters aus der Kindheit. Als Sekundenkleber in den 1980ern aufkam und man immer zu hören bekam: „Oh weh. Ganz doll aufpassen! Wenn man davon was an die Finger bekommt, muss man sofort ins Krankenhaus – die gehen nie wieder auseinander." Oder die Horrorstory mit den verklebten Augenlidern.

Das alles ging mir während des Klebens durch den Kopf, und ich lachte leise in mich hinein, ob der – wie ich inzwischen zu wissen glaubte – unnötigen Panikmache von damals.

Kommen wir nun zur angekündigten Sünde, die sogleich bestraft werden sollte.

Das Spektakel trug sich am Abend zu. Friemel ging duschen.

Ahnen Sie es bereits? Die Geschichte ist fast schon zu verrückt, um wahr zu sein.

Ich schloss die Duschtüren vor mir. Und dachte wieder an meinen Vater. Ich stellte mir vor, wie er sagte: „Uih, hoffentlich gehen die je wieder auf! Es kann gut passieren, dass Du nie mehr aus dieser Dusche rauskommst."

Ich musste wieder laut lachen. Aber das verging mir recht schnell. Nämlich in dem Moment, als ich zum ersten Mal versuchte, meinen rechten Fuß anzuheben. Es gelang mir nicht.

Und mit einem Mal wurde mir das ganze Ausmaß dieses Dramas bewusst: Ich hatte es offenbar zu gut gemeint und besonders viel Sekundenkleber aufgetragen. Dabei aber nicht bedacht, dass der natürlich nach unten in die Duschtasse abtropfen musste. Und so stand ich nun da. Festgeklebt in der eigenen Dusche, nur noch fähig, ein Bein zu heben.

Beherzt und mit zusammengebissenen Zähnen holte ich aus. Und befreite meinen Fuß aus der misslichen Lage. Inzwischen weiß meine Frau alles. Da war der Schrei. Und da ist noch heute: die Haut meiner Fußsohle an der Duschtasse!

KREISLAUFHUDDEL

Warum passieren einem solche Geschichten immer dann, wenn man sie so gar nicht gebrauchen kann? Kreislaufprobleme, niedriger Blutdruck, leichte Schwäche!

3. Oktober – Feierlichkeiten zum Tag der deutschen Einheit in Stuttgart. Ich war zum Moderieren dort, hatte den ganzen Tag auf der Bühne gestanden und schlicht und ergreifend das Trinken vergessen. Und ich spreche dabei nicht von Pils und Grauburgunder. Nein, ich hatte dem Körper eigentlich den ganzen Tag über noch gar keine Flüssigkeit zugeführt.

Und da war es dann plötzlich, dieses Gefühl, dass der Kreislauf in den Keller sackt. Augenflimmern und leichte Schummrigkeit. Und was hab ich gemacht?

Nein, ich habe mich nicht, wie wahrscheinlich jeder andere vernünftige Mensch es getan hätte, an die überall präsenten Ersthelfer vom Roten Kreuz gewandt – gefangen in meiner Weißkittelphobie, habe ich vor eben diesen Rettern die Flucht ergriffen und die Einsamkeit gesucht. Mich durch die Menschenmenge gewühlt, um ein paar Straßen weiter einmal ein bisschen Ruhe und Luft zu finden. Und die fand ich auch. Und dazu – wie passend – eine kleine Parkanlage mit Bäumen, Sträuchern und Bänken, wo außer mir kein einziger Mensch war. Herrlich. Eine Bank zog mich magisch an. Dort könnte ich doch einfach mal kurz die Beine hochlegen, damit das Blut wieder in den Kopf zurückströmt?!

Gedacht, getan. OK – die Bier- und Schnapsflaschen um die Bank warfen vielleicht nicht das beste Licht

auf den Herrn im Anzug, der nun da lag, als sei er noch vom Vorabend übrig, aber da war ja niemand außer mir. Alle waren sie auf der Festmeile unterwegs, um sich kostenlos die Bäuche und Säcke vollzumachen. Weit und breit keine Menschenseele. Und vor allem kein Saarländer.
Hinzu kam, dass mich in Stuttgart ja kaum jemand kennt – da glaubte ich, das Risiko schon mal eingehen zu können.
Sie ahnen wahrscheinlich bereits, was kommt? Genau. Der Friemel hat sich nicht nur erholt. Er ist auch eingeschlafen. Auf dieser Bank im Säufereck von Stuttgart. Es war nur kurz. Aber es musste dafür gereicht haben, dass sich Menschen nähern konnten. Und nicht irgendwelche – nein –, Saarländer. Und noch schlimmer, Saarländer, die mich erkannten. Denn geweckt wurde ich von den Worten: „Au, gummo, de Friemel! Wer macht'n jetzt es Wetter, wenn der dot is …?"
Und als hätte ich damit nicht schon genug Spott und Hohn ertragen müssen, ließ es sich auch die saarländische Ministerpräsidentin nicht nehmen, meinen kleinen Ausflug in die Welt des Bankwesens zu thematisieren. Als sie mich einige Tage später unter den Gästen einer Veranstaltung in der Staatskanzlei entdeckte, trat sie ans Mikrofon, um zu verkünden, wie froh sie doch sei, dass der Herr Friemel vom Saarländischen Rundfunk wieder von der Parkbank hochgekommen und munter und wohlbehalten ins Saarland zurückgekommen sei.
Vielen Dank! Eigentlich wäre ich der Landesregierung lieber durch andere Aktivitäten aufgefallen.

MAHL-ZEIT

Ich war am Freitagabend beim Italiener. Und ein Bild bekomme ich seither einfach nicht mehr aus dem Kopf. Immer wieder taucht er vor meinem inneren Auge auf. Dieser Kellner mit dem Riesenteil in der Hand. Und dem seligen Lächeln im Gesicht, während er uns damit bediente. Was für eine riesige Pfeffermühle. Glauben Sie mir: Ich habe in meinem Leben schon viele große Pfeffermühlen gesehen. Aber dieses Ding war dermaßen groß, dass es fast eine zweite Person zum Tragen gebraucht hätte.

Die Mühle war aus hellem Holz gearbeitet und so schön gedrechselt, dass man sie sich – bekleidet mit einem netten Umhang – auch als Marienstatue auf einem Altar hätte vorstellen können. Sie musste ein beachtliches Gewicht haben, und umso beeindruckender war es, dass der Kellner sie nahezu spielerisch durch den Luftraum über unserem Essen navigierte.

Beim Mahlen selbst schwebte der untere Teil der Mühle über meinem Teller, während der mahlende Kellner gute 1,20 Meter entfernt am Nebentisch stand und drehte, drehte, drehte…

Ich spürte die Blicke der Gäste von den umliegenden Tischen auf uns lasten. Von Bewunderung bis Belustigung war da alles dabei. Ein Herr meldete sich, wie ein Sextaner ungeduldig mit den Fingern schnippsend, weil er zu seinen Spaghetti, die noch kurz zuvor in einem riesigen ausgehöhlten Parmesankäseleib gewendet worden waren, auch gerne Pfeffer aus der Höllenmaschine haben wollte.

Bei aller Häme muss ich aber beichten: Auch ich hatte mal diese Pfefferphase. Damals fand ich es nicht nur cool, andauernd und überall natürlich FRISCHEN Pfeffer zum Nachwürzen zu bestellen, sondern ich war auch selbst im Besitz einer solchen Riesenmühle. Wir hatten uns das Ding zur Hochzeit gewünscht. Das galt damals als schick. Je größer, je besser. Und noch wichtiger: mit dem richtigen Mahlwerk ausgestattet.

Heute zweifele ich an mir selbst und frage mich: Gab es wirklich einmal eine Zeit in meinem Leben, wo ich ernsthaft über das Mahlwerk meiner Pfeffermühle nachgedacht habe?

Ein Peugeot-Werk musste es seinerzeit sein, und unter uns Männern im Bekanntenkreis, die wir damals dem Charme der Männer-Koch-Welt verfallen waren, gab es tiefschürfende Diskussionen und anerkennendes Nicken, wenn wir über unsere Pfeffermühlen fachsimpelten.

Das ist inzwischen fast zwei Jahrzehnte her. Vor ein paar Jahren kam dann der erste aus unserer Truppe mit einer beleuchteten Pfeffermühle, die das Streufeld perfekt bescheint. Wir anderen rümpften entrüstet die Nase ob dieser stillosen Frevelei.

Seit zwei Monaten besitze auch ich eine neue Pfeffermühle. Sie verfügt ebenfalls über eine Beleuchtung. Außerdem mahlt sie batteriebetrieben, passt in jede Schublade und hat nur 50 Treuepunkte gekostet.

Vor 20 Jahren hätte ich mich selbst damit aus meiner eigenen Küche geschmissen.

Heute zaubert sie mir ein seliges Lächeln auf die Lippen, wenn ich den Abzug drücke und es höre: ihr monotones, aber zuverlässiges „Brrrrrrrrrrrrrrrrrrrrrr...."

MARIA TREBEN

Für einen Autor sind Lesungen und Signierstunden immer eine besondere Bewährungsprobe. Insbesondere für sein Selbstbewusstsein. Denn hier im Nahkampf an der Verkaufsfront wird ihm ungeschönt gezeigt, ob er wirklich beliebt ist oder dieses immer nur selbst von sich behauptet – oder vom Verlag im Rahmen der Eitelkeitenpflege vorgegaukelt bekommt.

Besucher einer Lesung sind in der Regel Freiwillige. Menschen, die sich aus freien Stücken dazu entschließen, in ihrer Freizeit einem anderen Menschen zuzuhören und dafür auch noch Geld zu bezahlen oder wenigstens am Ende der Veranstaltung sein Buch zu kaufen.

Bedeutet: Hierher kommt eigentlich nur, wer auch wirklich Spaß dran hat, also Fan ist.

Härter ist allerdings das Signierstundengeschäft. Denn seien wir ehrlich: Auch wenn der Verlag es einem Autor stets als Bonbon verkauft, dass er in einer Buchhandlung für eine Signierstunde gebucht ist – vor Ort ist das für die meisten Schreiber häufig eine ernüchternde Angelegenheit. Ich habe schon so viele – auch durchaus bekannte – Autoren verloren in Buchhandlungen rumstehen sehen, in gespannter Lauerstellung auf den nächsten Menschen, der bereit ist, sich ein Buch handsignieren zu lassen.

Meine Lieblingssignierstundenepisode hat sich einst in der Weihnachtszeit zugetragen. Das ist die Zeit, in der in der Tat einige Menschen zu Signierstunden für Friemeleien-Bücher kommen, weil sie ihren Lieben

dann gleich einen passenden Weihnachtsgruß vom Autor persönlich als Schmankerl ins Büchlein schreiben lassen können. Manchmal werde ich auch gebeten, kleine Gehässigkeiten für die Schwiegermutter zu notieren oder ein paar erbschleichende Worte für den lieben Onkel, der demnächst im Seniorenheim seinen Neunzigsten feiern wird.
Ich stand also so da, vor mir eine Schlange von freundlichen Menschen, die einer nach dem anderen mit meinem Büchlein herantraten und mir ihre Signierwünsche zuflüsterten. Plötzlich stand da aber eine Frau vor mir, die KEIN Friemeleien-Buch in der Hand hielt. Und diese Geschichte bringt mich bis heute herzhaft zum Lachen. Die Dame sagte doch tatsächlich zu mir: „Sinn se mir nit bös, Herr Friemel, awwer ich hann an Ihrem Zeuch nix ... do däät ich kenn Geld defier ausgänn. Awwer ich hann mir hier grad es Heilkräuterbuch vun der Maria Treben kaaf, kinnte se mir aach das signiere?!"
Natürlich hab ich das getan. Brav und freundlich. Und höchst amüsiert. Und so kommt es, dass heute irgendwo in einem saarländischen Bücherregal ein Maria-Treben-Buch steht, mit der Widmung: „Allzeit gute Gesundheit wünscht Michael Friemel!"

ALPENPANORAMA

Heute Morgen war ich schon in Obergurgl. Und in München. Ich war auch auf dem Stubaier Gletscher und habe mir angeguckt, wie die Sonne in Schlick aufgeht, bevor ich mir den Tagesbeginn in Ratschings-Jaufen gegönnt habe. Danach habe ich einen kurzen Abstecher zum Tegernsee gemacht.

Erwischen Sie sich auch noch manchmal dabei, dass Sie die Wetterbilder mit Alpenpanorama im Dritten gucken? Ich sage bewusst NOCH. Denn mal ganz ehrlich: Das ist doch Fernsehen wie vor dreißig Jahren. Jeden Morgen reiht sich da in stoischer Regelmäßigkeit Panoramaaufnahme an Panoramaaufnahme, sieht man Bergseen, gefolgt von noch jungfräulichen Skipisten und breiten Bergmassiven.

Aber wissen Sie was? Mich beruhigt das. Ich finde um halb sieben einen schweigenden Watzmann aufregender als einen redenden Jobatey.

Mir ist der Mückenschiss auf dem Objektiv lieber als alle knallharten Nachfragen im Morgenmagazin. Und es stört mich auch nicht, wenn auf der Wurzeralm noch Nebel liegt.

Dreißig Sekunden nebelweißes Bild nehme ich da genauso gerne in Kauf wie den immer wieder mal vorkommenden Totalausfall einer Kamera.

Ein angenehmer Nebeneffekt der unspektakulären Handlung ist, dass man eigentlich nichts verpassen kann. So springe ich öfter mal schnell unter die Dusche, während meine Lieblingssendung läuft, oder ich suche vorm Kleiderschrank stehend die Klamotten für den Tag zusammen, ohne nach meiner Rückkehr vor den Fernseher den Anschluss verloren zu haben. Und so geht das ja nicht nur einmal.

Da sitzt man vor dem Fernseher und guckt sich, wenn nach vier Minuten die Schleife wieder von vorne beginnt, die ganze Chose noch mal an. So, als hätte man das Alles noch nie gesehen.

Am Großglockner ist die Sonne dann wieder drei Zentimeter höher über den Gipfelgrad gerutscht, und auf der Lugnerabfahrt sind plötzlich die ersten Pistenfahrzeuge unterwegs.

Bevor in München am Hauptbahnhof ein ICE einfährt. Und in Nürnberg am linken Bildrand die Kioskfrau ihren Rollladen hochkurbelt.

Ich weiß noch nicht mal, ob der Opa noch lebt, der die Zither spielt, die mich dabei musikalisch einlullt. Aber es beruhigt einfach ungemein.

Bis, ja, bis die Bilder ohne Ankündigung um neun Uhr mit einen WUTSCH abreißen und übergangslos das normale Fernsehprogramm beginnt. Bis zum nächsten Morgen. Schön!

WAS FÜR EIN MANN

Ich komme jetzt in das Alter, wo man den Töchtern zunickt und die Mütter zurückzwinkern. Das Alter, in dem die Frauen einer gewissen Generation mich nicht mehr als idealen Schwiegersohn betrachten, sondern über eine Eigennutzung nachdenken. Aber ich bin nicht gewillt, das so hinzunehmen, liebe Schlagerfreunde. Noch bin ich knapp unter vierzig. Das ist doch kein Alter. Da ist man als Mann gerade erst auf der Höhe der Leistungsfähigkeit. Deswegen kämpfe ich aktiv dagegen. Gegen das Altern und die oben geschilderten damit verbundenen Unannehmlichkeiten. Derzeit teste ich ein neues Waldspaziergang-Konzept. Nicht, um mich fit zu halten. Sondern um Eindruck zu schinden bei all den Joggerinnen und Walkerinnen, die da im lichten Wald unterwegs sind.

Die Grundzüge des Konzepts sind schnell erläutert: Zusätzlich zum Baby im Designerkinderwagen habe ich mir noch einen hübschen Labrador zugelegt, mit dem ich im hellen Zopfmusterstrickpulli durch den hohen Tann flaniere. Also ich im Zopfpulli, nicht der Labrador. Diese Kombination aus hundeliebendem, modisch gekleidetem, wohlhabendem und liebevollem Vater kann ich nach ersten Testspaziergängen als nahezu unschlagbar bewerten!

Sie kommen aus dem Laufrhythmus, die Mädels. Spätestens nach dem Passieren drehen sie sich um. Und sei es nur auf einen Blick. Jedenfalls gucken sie wieder zu mir rüber.

Kürzlich habe ich mir noch ein weiteres kleines Accessoire ausgedacht: das entsprechende „Ich-verdreh-den-Mädels-den-Kopf-Hundehalsband."

Ich hatte für das dekorative Labrador-Mädchen ein nicht minder dekoratives breites, rotes Lederhalsband besorgt.

Und was soll ich sagen: Es hat funktioniert! Jedenfalls fast: Ich sah sie schon von Weitem auf mich zukommen. Alles wogte, ich flanierte. Ich war mir nahezu sicher, dass sie kurz vor mir anhalten würde, um wie zufällig in eine langsame Geh-Phase zu wechseln.

Aber just in dem Moment holte mich von HINTEN ein anderes Mädel ein und nahm mich gesprächstechnisch in Beschlag: die charmante Achtzigjährige aus der Nachbarstraße, die mit der Gartenharke in der Hand unterwegs zum Waldfriedhof war.

„Aach, is der Klään so goldisch. Ganz de Babbah! Dann könne mir jo graad zusamme uff de Friedhof laafe, Herr Friemel, gelle?!"

LIEBE LIEST
KEINE PREISSCHILDER

Was will man für seine Kinder? Natürlich nur das Beste. Das dürfte allen Eltern gemein sein. Und das fängt schon sehr früh an. Beim richtigen Spielzeug nämlich.

Ich weiß, wovon ich rede – mit drei Kindern habe ich schon mehr Spielzeuggeschäfte von innen gesehen als Bioläden.

Wobei es hier eine recht augenfällige Verbindung gibt. Eltern, die gerne auf gesunde Ernährung achten, sind meistens auch bemüht, „vernünftiges" Spielzeug zu kaufen. Mit der Begründung, in allem aus Plastik hergestellten Spielzeug seien unsichtbare, höchst schädliche Stoffe enthalten, die auf jeden Fall Krebs erregen. Außerdem könne sich der Nachwuchs daran viel leichter verschlucken als an den meistens viel klobigeren, aber natürlich mit abgerundeten Ecken versehenen Holzspielsachen.

Es stellt sich nur die Frage, wer an den lasierten Holzklumpen mehr Spaß hat: die Eltern oder die Kinder?

Aus meiner Erfahrung darf ich sagen, dass wir beim ersten Kind noch bemüht waren, wertiges Holzspielzeug zu kaufen. Das war doch so schön. Fanden wir. Alleine schon das naturbelassene Holz aus den Wäldern Skandinaviens. Und dann erst dieser runde Knubbellook. Inwiefern Kleinkinder schon eine Leidenschaft für nordische Holzästhetik entwickeln können, wurde mir von Kind zu Kind dann aber zweifelhafter. Aus deren Reaktionen lese ich aber durchaus eine gewisse Distanzierung der Kinder vom pädagogisch wertvollen Spielzeug – verglichen mit der Freude am popeligen Plastikkram, wie er ab und an mal von Bekannten geschenkt wurde. An Geburtstagen gab es für sie nichts Schöneres als das Auspacken von Plastikparkhäusern, Actionfiguren und detailgetreuem Handwerkszeug für die Werkbank aus Kunststoff.

Auch ein gutes Beispiel sind die Spieluhren, die unsere Kinder in ihre Herzen geschlossen haben. Zur Geburt mit teuren kleinen, musizierenden Plüschfreunden fürs junge Leben beschenkt, war die Auswahl stets groß. Aber liebhaben, also so richtig – das wissen wir doch auch alle aus eigener Erfahrung – kann man nur ein einziges Kuscheltier.

Als Eltern versucht man den Findungsprozess ein wenig zu steuern, indem man gerade diese teuren, besonders schönen, gut waschbaren und auch auf lange Zeit nachzukaufenden Spieluhren nahe ans Kopfkissen schiebt.

Bei allen dreien unserer Kinder ist das aber gehörig in die Bux gegangen. Sie haben die billigsten ins Herz geschlossen. Den hässlichen Hasen von Ikea, die komische Maus von Tante X und das popelige Hundchen von Freund Y.

Kannste nix machen. Liebe liest keine Preisschilder.

SAUBER UND REIN

Wo wären wir armen Verbraucher nur, wenn uns die Hersteller der Artikel unseres täglichen Bedarfs nicht hilfreich unter die Arme greifen würden.

Wenn sie nicht immer wieder neue Produkte erfinden würden, nur um uns das Leben zu erleichtern! Zum Beispiel mein Shampoo. Früher hat man Shampoo hauptsächlich benutzt, um saubere Haare zu bekommen. Heute bietet es zusätzlich einen Hair-Repair-Komplex und ein Color-Safe-System. Und das völlig kostenlos. Als hätten die Macher gewusst, was mir noch zu meinem Glück fehlt (also nebenbei: Ich hätte doch so gerne seidigeres Haar), wird mein Shampoo nun endlich mit einem Liquid-Silk-Anti-Frizz-Serum angeboten.

Oder schauen Sie sich doch mal die neue Waschmittelgeneration an. Wenn Sie vor zehn Jahren glaubten, Ihre Tischdecken seien beim Waschen bereits blütenweiß auf die Leine des weißen Riesen gekommen, dann werden Sie heute ob der ganz neuartigen Sauberkeit aber die Ohren anlegen!

Also mein Waschmittel wäscht inzwischen nicht nur sauber, sondern das – dank der Kurz-Waschformel – bereits in einer halben Stunde! Und weil das herkömmliche Pulver immer nur sauber, aber wohl nicht rein gemacht hat, greife ich inzwischen auch gerne mal zu den Color-Tabs, denn porentiefe Reinheit mit dem Astonishing-Effekt ist – das werden Sie bestätigen können – nicht zu übertreffen. Seitdem ich die habe, spüre ich den Color-Boost tatsächlich schon beim Betreten der Waschküche.

Ich lasse mich beim Einkaufen gerne von meinem Bauchgefühl leiten, bin sozusagen powered by emotion und nehme demnach vorzugsweise beim Frühstück die Zerealien zu mir, die mich als erstes Extra des Tages gut gelaunt durchstarten lassen.

Dazu ein kleines probiotisches Vitamingetränk, an dem ich so besonders schätze, dass es mit dem Lactobacillus LC1 angereichert ist, und mir kann nichts mehr passieren.

So geht es durch den Tag, der mir erleichtert wird durch alle diese tollen Produkte. Und wenn ich dann abends im Bett liege, nachdem ich mir die Zähne mit einer Zahncreme geputzt habe, die die Zähne nicht nur antibakteriell erfrischt, sondern auch durch den Aktiv-Flour-Komplex schützt, dann habe ich so ein unglaubliches Gefühl der Zufriedenheit im Bauch. Ein Kribbeln wie von Megaperls. Stark. Aber trotzdem sensitiv.

IM KRANKENHAUS

Es gibt Grenzerfahrungen, die wir nur ungern machen. Situationen, in die wir lieber nicht geraten, weil sie Urängste in uns heraufbeschwören. Eine solche Situation ist beispielsweise der überraschende Krankenhausaufenthalt eines geliebten Angehörigen.

Angenommen, der Gatte muss kurzfristig zu einer Notoperation in die Klinik eingeliefert werden. Dann rotieren die Gedanken seiner ihn über alles liebenden Ehefrau doch nur noch um ein und dasselbe Thema! Sie kann in ihrer unbändigen Sorge um das Wohl des Geliebten gar nichts anderes mehr denken als: „Jetzt muss ich dem zuerschd emol e ordentlicher Schloofanzuch kaafe gehn!"

Ja, das echte Leben unterscheidet sich oft ganz erheblich von der Realität, die uns in Fernsehserien vorgegaukelt wird. Während die Menschen dort immer topaktuelle, modische Nachtwäsche tragen, sieht die Realität offenbar ganz anders aus.

Wie sonst ist es zu erklären, dass kaum ein Patient in der Lage ist, sich gleich am ersten Krankenhaustag in einem einwandfreien Schlafanzug zu präsentieren, der nicht aus zwei unterschiedlichen Garnituren zusammengestoppelt ist oder das ein oder andere kleine Mottenlöchlein hat.

Statt am ersten Arztgespräch teilzunehmen, stürzt die Ehefrau deshalb panisch in die Stadt, um einen neuen Pyjama zu kaufen. Oder besser gleich zwei. Dann hat „er" auch mal gleich „änner fier ze wechsele!"

Die gleiche Problematik scheint auch Unterwäsche und Hausschuhe zu betreffen.

„Mit denne Schlabbe kanschde awwer nit iwwer de Stationsflur laafe. Die menne jo, mir wäre Jääbs!"

Und so kommt es dann, dass die Gattin am Abend des ersten Krankenhaustages mit einer Tasche voll neuer Kleidungsstücke und Rasierschaum anrückt und – ohne ihren Mann auch nur begrüßt oder sich nach seinem Befinden erkundigt zu haben – alles hektisch im Wandschrank neben dem Krankenbett verstaut. Sie redet dabei ununterbrochen auf ihn ein, berichtet ausführlich vom Aufladen der Telefonkarte an der Rezeption und macht ihm unmissverständlich klar, dass sie ihm nicht mehr als zehn Euro dalassen könne, weil auf der Station so viel geklaut werde.

Außerdem brauche er ja in seiner jetzigen Situation sowieso kein Geld und solle die zehn Euro am Ende des Krankenhausaufenthaltes am besten den Schwestern in die Kaffeekasse stecken. Als Dankeschön, für die gute Pflege.

Zum Abschluss dieses ganzen Sermons schließt sie dann die Tür des Kleiderfachs und wendet sich zum ersten Mal für diesen Tag direkt an ihren Mann.

Sie sagt: „So! Und wie war die OP?"

SOFA – SO GOOD

Mensch, ich hab glatt gedacht, die hätten da die „Wetten-dass-Couch" von Mallorca im Garten stehen, die Nachbarn ein paar Häuser weiter. Ein Sofa von der Größe eines Öltankers. Sie haben sich eigens dafür ein Fundament aus Beton auf den Rasen gießen lassen. Auf einen Rasen, von dem jetzt schätzungsweise noch 45 Quadratzentimeter übrig geblieben sind – ein Streifen, über den man das Entspannungsmonster erreichen kann, neben dem an Wochenenden auch häufig ein verchromter Ständer mit Sektkübel draufsteht.

Ansonsten passt sich das Riesending harmonisch in den zwanzig Quadratmeter großen Garten ein und bietet zudem die beruhigende Möglichkeit, im Brandfall auch als Sprungtuchersatz bei Rettungen aus dem Obergeschoss des Hauses zu dienen.

Früher musste man sich beim Gartenmöbelkauf zwischen Hoch- und Tieflehnern und zwischen Teakholz- und Plastikmöbeln entscheiden, wobei die von den meisten favorisierten hohen Teakholzteile den niedrigen Kunststoffstühlen in puncto Bequemlichkeit deutlich unterlegen sind. Aber wer was auf sich hält, der stellt sich natürlich kein billiges Plastik, sondern das angesagte Holz in den Garten. Oder eben neuerdings die Sofalandschaft für draußen. Und da geht's bei der Kaufentscheidung nicht mehr um Hoch oder Tief. Da entscheidet man sich entweder für die klassische Garnituraufteilung mit Dreisitzer, Zweisitzer und Sessel, oder man wählt einen „Einteiler" mit großzügiger Liegefläche, auf der die ganze Familie nebst Labrador mühelos Platz findet.

Geht da noch mehr? Bis vor Kurzem hätte ich gesagt: Nein! So eine Couch im Garten ist optisch das höchste der Gefühle. Aber inzwischen habe ich gelernt, dass es noch eine Steigerung gibt. Die Krönung eines modernen Freizeitgartens ist Wasser. Aber ich spreche hier nicht von einem Teich. Oder gar einem Swimmingpool. Nein – das war gestern. Die neueste Attraktion in deutschen Gärten ist ein Außenwhirlpool. Da sitzen Mutti und Vati dann an lauen Sommerabenden entspannt drin und lassen es blubbern, dass die Schwarte kracht. Ein Becken fürs Necken. Ein Jacuzzi fürs Gschbusi. Blasen, Blasen und nochmals Blasen.

Der Sektkübelständer wird dann von der Couch etwas herübergerückt und im Becken wird fröhlich angestoßen.

Für weniger intime, aber nicht unbedingt minder gesellige Abende lädt man sich Gäste ein. Freunde, die man im Winter zu einem gemütlichen Abend vor dem Ofen begrüßt, reisen in der Sommersaison zur Whirlparty an. Dann werden Fackeln um die Wasserstelle herum aufgestellt und Mutti mixt Cocktails.

UND ES WAR SOMMER

Wann ist Sommer? Das ist eine Frage der Definition. Astronomisch gesehen beginnt er um den 21. Juni herum. Für die Meteorologen ist aber schon ab dem 1. Juni Sommer, und von einem Sommertag sprechen sie – unabhängig vom Datum – ab einer Temperatur von 25 Grad Celsius.

Für mich ist Sommer immer dann, wenn die Geräusche des Sommers zu hören sind.

Beim Grillen zum Beispiel: „Kannschds Fleisch jetzt rausbringe, die Kohle hat's!"

Oder – wo wir gerade bei „Feuer frei" sind – die allwöchentlichen Böllerschüsse von den diversen Festen in der Umgebung. Ja, die Zeit, in der die Schützenvereine fürs Salut-Schießen bei Veranstaltungseröffnungen in Bier entlohnt werden – auch dann ist Sommer.

Es sind die Tage, an denen man eigentlich immer von irgendwoher die Klänge eines Musikvereins vernehmen kann. Auf Trommel, Querflöte, Glockenspiel und Schalmei wird dann „We will rock you" gespielt. Eine Reminiszenz an die „Wir-spielen-auch-junges-Repertoire"-Bewegung, der insbesondere Männerchöre und Spielmannszüge gerne anhängen.

Die lustigen Musikanten singen dann ihrer Meinung nach modernes Liedgut (also Hits von den Beatles und Stücke aus Musicals) und glauben, damit ihre Schuldigkeit in Sachen Jugendarbeit getan zu haben.

Ja, und auch dann ist Sommer: Wenn die Chöre mit ihren Liedermappen für bunte Gelegenheiten unterwegs sind, aus denen sie bei Gastauftritten Trinklieder singen und sich dabei ganz schön schelmisch fühlen.

Und ganz sicher ist es Sommer, wenn die dumpfen Mikrofonstimmen von Vereinsvorsitzenden durch die Luft dröhnen, die den Chören, Musikvereinen und Böllerschützen für ihr „vorbildlisches Ongaschemong" danken, um im Anschluss auf das Speisenangebot der Frauen aus der Vereinsküche hinzuweisen.

Und noch einen Indikator für die schönste Zeit des Jahres hätte ich anzuführen: Wenn man sonntagsabends auf der Couch beim Tatort eingeschlafen ist und dann wie von der Tarantel gestochen aus dem Schlaf aufschreckt, weil gerade mal wieder irgendein Fest in der Umgebung mit einem „großen Brillantfeuerwerk der Schaustellergemeinschaft" zu Ende geht, auch dann ist Sommer!

EIN TAG AM STRAND

Wenn Mutti die Strandtasche gepackt hat, alle Familienmitglieder schon mal Badehose und Bikini unter die Sommerklamotten gezogen haben und die Kühltasche mit Bier und Apfelschorle bestückt ist, dann geht's los zum Strand. Bleich bevölkern die Deutschen die Strände der Welt, um schon wenige Tage später zuerst krebsrot und dann bronzeschwenker-braun die Früchte ihrer harten Kur präsentieren zu können.

Am Strand angelangt, verbringen sie die erste halbe Stunde damit, den Kindern die Kleider auszuziehen und Sonnenmilch mit Schutzfaktor 50 aufzutragen, während die Kleinen mit der jeweils freien Hand auf der anderen Seite schon mal ein bisschen im Sand buddeln und die neuen Eimerchen und Schaufeln ausprobieren. Weil sie Urlaub haben, lässt dieser unterschwellige Stress die meisten Eltern aber verhältnismäßig kalt. Und damit das auch so bleibt, hat Papa derweil auch schon mal das erste kühle Bierchen aus der Tasche geholt und muntert die mit Strandtüchern und Badehosen hantierende Mutti mächtig auf, in dem er ihr immer wieder beteuert: „Ach, endlich Urlaub. Is das so scheen..."

Hat Mutti die Kinder dann endlich strandfertig gemacht, die Strandmatten ausgerollt und den Sonnenschirm ausgerichtet, beginnen auch für sie die Ferien.

Sie packt ihr extra für den Urlaub gekauftes Rätselheft aus, trägt glücklich die ersten Lösungen ein, als dem Papa einfällt, dass ja auch er noch eingecremt werden muss. Denn er kommt „an de Buckel selbschd nit dran!" Aber Mama bleibt cool. Sie hat ja Urlaub. Und so wird auch der Papa noch hingebungsvoll eingecremt, auf dass er seinen verdienten Urlaub unbeschwert genießen kann.

Das ganze Jahr über ist er für die Familie da. Für Frau und Kinder. Und deshalb will er jetzt auch mal ausspannen. Und nicht mit den Kindern Sandburgen bauen.

Bis, ja, bis er aus den Augenwinkeln heraus registriert, dass ein anderer Vater zehn Meter nebenan mit seinem Sohn gerade dabei ist, eine Riesensandburg zu bauen. Da geht dann plötzlich der väterliche Ehrgeiz mit ihm durch. Das können wir doch auch. Und noch höher. Und schon ist er entbrannt: der Wettstreit der Burgenväter am Strand. Mutti strahlt. Denn jetzt hat sie wirklich Urlaub!

MIKRO-LESUNG

Warum die Leute so herzhaft gelacht haben? Ich hab's erst hinterher mitbekommen.
Und ich schwöre, hätte ich es im Vorfeld geahnt, ich wäre nicht in dieses Fettnäpfchen getreten. Ich war zu einer Lesung eingeladen. Von der Gemeindebücherei in Quierschied. Als ich reinkam – wie immer in meinem Leben auf den letzten Drücker –, saßen schon alle Besucher auf ihren Plätzen und die Stimmung war bestens. Die Bücherregale hatte man an die Wände geschoben und der Raum war rappelvoll. Für etwas über hundert Zuhörer hatte man Platz geschaffen. Und dann kam ich an meinen Leseplatz und begann die Lesung, wie so viele andere auch, mit der Ankündigung, auf das Mikrofon zu verzichten, weil ich die Atmosphäre dann einfach intimer finde. Ja, dass ich lieber etwas lauter rede als durch den Verstärker zu dröhnen.
Und da war es. Ein für mich unerklärliches Aufbranden von Johlen und Gelächter.
Die Erklärung dafür bekam ich erst im Anschluss an die Lesung von meinem Freund Achim, der an diesem Abend im Publikum saß und die Geschehnisse vor meinem Eintreffen mitbekommen hatte.
Es war nämlich so, dass die Mikrofonanlage der Gemeindebücherei defekt war. Das stellte sich aber erst beim Soundcheck heraus, während bereits die ersten Gäste eintrudelten.
Hektisch wurde probiert und verzweifelt überlegt, wie man dieses Problem denn nun lösen könne; der Friemel wäre bestimmt knatschig, wenn die Anlage

nicht funktionieren sollte. Dann – die rettende Idee: Die Kirchengemeinde hat doch diesen mobilen Lautsprecher für die Fronleichnamsprozession. Dieses megafonartige Teil, das an jedem Altar dem Pastor während seiner Gebete hingehalten wird. Das wäre doch genau das, was man nun gebrauchen könnte. Spontan sprang im Publikum jemand mit Kontakten zur Gemeinde auf. Und erklärte sich bereit, das Teil auf die Schnelle zu organisieren. Alles ging nun sehr flott und sehr professionell über die Bühne. Nachdem das Ding da war, begann ein abenteuerlicher Soundcheck, bei dem der Lautsprecher an allen nur denkbaren Raumpositionen ausprobiert wurde. Bis endlich die optimale Akustik hergestellt und die Kuh damit vom Eis war.

Alle waren ganz stolz, dass sie es hinbekommen hatten. Der Herr vom Pfarrgemeinderat wurde mit einem Applaus bedacht, die Damen vom Bibliotheksteam atmeten auf. Es war ihnen also doch noch gelungen, einen Eklat mit dem Autor Michael Friemel zu verhindern.

Und dann kommt der Autor. Alle halten gespannt den Atem an, während er sich vor dem Mikrofon platziert, um seine ersten Worte an diesem Abend zu sprechen. Die da sind:

„Guten Abend! Sicherlich sind Sie einverstanden, wenn ich auf das Mikrofon verzichte."

PROSOPAGNOSIE

Anfangs dachte ich, ich sei der Einzige mit diesem Problem. Also zumindest in so heftiger Ausprägung. Ich kann mir keine Gesichter merken. Menschen, die ich nicht regelmäßig mindestens einmal in der Woche sehe, prägen sich mir nicht ein. Sie sind mir schlicht fremd, wenn sie mir ein zweites Mal begegnen.

Es gibt sogar einen Fachausdruck für mein Problem: Prosopagnosie, Gesichtsblindheit. Laut Lehrbuch ist das die Unfähigkeit, die Identität einer bekannten Person anhand ihres Gesichtes zu erkennen. Es hat mich dann schon mal beruhigt, dass ich mit meinem Handicap nicht allein bin.

Trotzdem führt diese kleine Gedächtnisschwäche zu sehr beschämenden Situationen.

Kürzlich hatten wir eine SR 3 - Veranstaltung, und unsere ganze Crew wartete hinter der Bühne auf den musikalischen Stargast des Abends. Plötzlich stand er vor mir. Frisch, fromm, fröhlich schüttelte ich seine Hand und begrüßte ihn. Worauf er erwiderte, er sei nicht der, für den ich ihn hielte, sondern er sei der Tontechniker.

Ich versuchte, die Situation zu retten, indem ich sagte: „Ah, Mensch, stimmt. Aber ihr seid ja bei seinen Konzerten immer gemeinsam unterwegs!"

„Nein", meinte er. „Ich, lieber Michael, bin Dein SR-Tontechniker, mit dem Du schon seit einigen Jahren zusammenarbeitest!"

Da steht man dann schnell als arroganter, oberflächlicher Kollege da. Aber ich schwöre – ich konnte den Kerl nirgends hinstecken. In meinem Gedächtnis war einfach nix.

Oder noch besser: die Geschichte, die ich mit dem Kollegen Eberhard Schilling erlebt habe.

Gemeinsam bummelten wir über das Stadtfest in Homburg. Plötzlich kam uns der Arzt entgegen, der die Geburt meines ältesten Sohnes begleitet hatte.

Wie immer, wenn ich ihm begegne, grüßte ich kurz und sagte: „Der Kleine ist schon ganz schön groß und erfreut sich bester Gesundheit!"

Der Arzt nickte – ebenfalls wie immer – etwas irritiert und sagte dann: „Das freut mich!"

Nachdem wir ein paar Meter gegangen waren, fragte mich Eberhard: „Du, was war'n das gerade?" Ich erklärte ihm, dass dieser Mann meinen Erstgeborenen zur Welt gebracht hatte. Worauf Eberhard erstaunt, aber bewundernd bemerkte: „Beeindruckend! Das ist der Chef der Verbraucherzentrale!"

EINLADUNG ZUM BAYERISCHEN ABEND

Ja, was ist denn das jetzt? Da bin ich demnächst zu einem runden Geburtstag eingeladen, und es wurde gar kein Motto ausgegeben!

Man hat sich doch so daran gewöhnt ... keine Party mehr ohne Motto. Wie früher, bei den Kindergeburtstagen. Jetzt nur in groß und mit Bier vom Fass.

Damals als Cowboy, heute als Bayer. Besonders Vierziger und Fünfziger laden inzwischen gerne zur Mexikanischen Fiesta, zu einem Bayerischen Abend oder zur 70er-Jahre-Party ein und bringen damit zunächst einmal all ihre Gäste in die Bredouille. Denn die müssen zu der ohnehin schon lästigen Geschenkesucherei nun auch noch über ihr mottogerechtes Outfit nachdenken. Die Entwicklungen auf dem Partymarkt lassen ihnen einfach keine Wahl. Zwar können sie sich jetzt schon mit Erhalt der Einladung auf das wahrscheinliche Abendessen einstellen – ahnen, dass Weißwürste, Paëlla oder Sushi auf sie warten. Aber sie müssen mit der passenden Kleidung auch ihren Teil zum gelungenen Feste beitragen.

Drei Spezies hat die Evolution des Partywesens so im Laufe der Jahre hervorgebracht:

1) Die Näherin. Sie macht sich gleich nach dem Öffnen der Einladung freudig erregt auf die Suche nach passenden Kostümschnitten für sich und ihren Liebsten.

2) Der Karierte. Egal welches Motto – ob als Bayer oder feuriger Spanier: Er trägt stoisch sein Lieblings-Karohemd und kombiniert dazu lediglich wechselnde Accessoires.

3) Die Leihenden. Sie wissen: Es gibt nichts, was es im Kostümverleih nicht gibt.

Hier speziell zu erwähnen wäre noch die Unterart derer, die „beim Theater änner känne!" – die stolzen Träger von Kostümen aus dem Theaterfundus. Die erkennt man auf der Party an der professionellen Ausstattung bis in die Details. Und sie kennen sich untereinander. Denn während die Näher und Karierten-Hemd-Typen sich erst auf der Party begegnen, treffen die Ausleiher meistens schon am Vortag aufeinander – bei der Kostümausgabe zwischen halb vier und sechs. Selbst wenn sie sich bis dahin noch nicht kannten: Das verdächtige gemeinsame Interesse an Kostümen des gleichen Genres verrät sie als Besucher ein und derselben Party. Es kommt zur Schlacht um die schönsten Exemplare. Da werden Bäuche eingezogen und Dekolletees gequetscht, bis passt, was passen muss. Bis schon vorm Besuch der Party feststeht: „Heinz, denne do zeije mir's morje awwer!"

MADE IN GERMANY

Uaaahhh, wenn es etwas gibt, wovor ich mich wirklich sehr, sehr ekele – dann sind es Maden. Im Sommer, wenn die Mülltonnen in der Hitze brodeln, mache ich immer einen großen Bogen um die Teile, insbesondere wenn man schon am Deckelrand erkennt, dass da Leben in der Bude ist. Wenn es dann am Abholtag ans Rausfahren geht, packe ich die Tonne nur mit Handschuhen an und hoffe, dass ich nix sehen muss, was ich nicht sehen will.

Umso schlimmer das Erlebnis, das mich kürzlich Einiges an Nerven kostete. Ich habe lange überlegt, ob ich überhaupt darüber schreiben soll – Sie sollen ja nicht denken, dass es bei den Friemels nicht sauber ist. Aber nach intensiven Recherchen weiß ich nun: Was uns passiert ist, kann jedem passieren. Selbst dem saubersten Haushalt. Deswegen spreche ich nun auch ganz offen darüber. Alleine schon zur psychischen Bewältigung des Erlebten. Ja – ich muss drüber reden.

Was war passiert? Das ist eigentlich schnell erzählt: Ich komme in die Küche, gucke – warum auch immer – an die Decke und denke: Was ist denn das? Da bewegt sich ja was! Und als ich genauer hinschaue, stelle ich fest, dass sich da mehr als nur ein einzelner Punkt bewegt. Zwei, fünf, zehn, immer mehr Würstchen entdecke ich, die an meiner Küchendecke entlang spazieren. Ich hatte Maden im Haus. Von heute auf morgen. Ohne Vorankündigung. Aber ich habe vollkommen mannhaft reagiert. Spontan und ohne auch nur darüber nachzudenken schritt ich umgehend zur Tat: Ich rannte ins Bad, riss die Klobrille hoch und erzählte der Toilette von meiner Freude.

Ganze zehn Minuten vergingen, bis ich mich wieder in die Küche traute. Mit Schweiß auf der Stirn machte ich mir ein Bild von der Lage. Erst mit zugekniffenen Augen, so als würden die Viecher verschwinden, wenn ich sie nicht sähe. Dann aber mutiger und analysierend. Wo kamen sie nur her? Da. Ich entdeckte eine Spur. Sie führte in Richtung unseres Vorratsschranks. Von dort machten sich eindeutig die meisten Maden auf den Weg Richtung Zimmerdecke.

Mit Gummihandschuhen und Schal bewaffnet – als würde das etwas nutzen – riss ich todesmutig den Schrank auf. Aber nix. Zumindest nicht das erwartete Zentrallager des Ungeziefers. Allerdings: Die Haferflocken in der durchsichtigen Müsliverpackung schienen sich leicht zu bewegen. Ich musste noch mal kurz Richtung Toilette. Aber irgendwann kam dann der Moment, wo ich wusste: Da muss ich jetzt durch. Also ging ich es an. Säckeweise flogen die Lebensmittel raus. Nichts wurde verschont, kein Päckchen habe ich aufbewahrt. Dazu sollten Sie übrigens wissen: Wenn Ihnen mal jemand sagt, man müsse im Madenfall nur offene Verpackungen entsorgen – glauben Sie ihm nicht. Die Biester waren überall. Selbst in der verschlossenen Kaffeebohnenpackung.

Nach zwei Stunden Arbeit war der Spuk vorbei. Ich hatte die ungebetenen Gäste alle ausgerottet. Und nicht nur das. Ich wusste auch, wo das Übel angefangen hatte. In der Reisverpackung. Darauf stand es sogar: Made in Germany.

AUF DER SUCHE NACH DEM EIGENEN ICH

Achtung, Achtung: Dies ist eine Vorwarnung für alle Radiohörer! Damit sie nicht total verwundert sind, wenn ich meine Worte demnächst gänzlich ungewohnt dahinhauche und nur noch milde säuselnd zu ihnen spreche! Die Gefahr besteht. Denn ich komme jetzt in dieses Alter. Dieses Alter, in dem man bewusster lebt, bewusster wahrnimmt und sich bewusster und überlegter ausdrückt. Es ist wie eine Seuche. Sie grassiert überall um mich herum, und sie scheint vor allem die Vierzig- bis Fünfzigjährigen zu treffen.

Es fängt damit an, dass sie von Kaffee auf Tee umsteigen. Um der Hektik des Alltags ganz bewusst ein entschleunigendes Ritual entgegenzusetzen. Einen Kontrapunkt in ihrem immer voller werdenden Terminplan zu platzieren.

Sie begeben sich verstärkt auf die Suche nach dem Sinn des Lebens.

Sie entdecken plötzlich den Buddhismus für sich, nehmen zunächst an einführenden Lesungen bei der VHS teil und festigen diese Einsichten dann bei einer Sinnsuche auf Bali oder im Himalaya. In ihrem Zuhause ist die Luft nicht mehr von dem Duft der Ikea-Kerzen, sondern dem von Räucherstäbchen erfüllt.

Man kann sie nicht mehr zu jeder beliebigen Tageszeit anrufen, denn sie gönnen sich mehrfach am Tag eine kleine Pause in Form einer Meditation. Dabei versuchen sie, den beruflichen Stress aus dem Alltag zuerst in ihrem tiefsten Inneren zu einer kleinen, festen Kugel zu formen, um diese dann ganz bewusst und intensiv aus sich herauszuatmen.

Eine Auszeit mit Gleichgesinnten finden sie beim Yoga, wo sie die Kobra, die Muschel, die Kerze oder die Flunder zelebrieren. All das natürlich in kuschelweichen Wohlfühlsocken, die sie im Eine-Welt-Laden gekauft haben.

Sie nehmen sich die Freiheit, „Nein" zu sagen. Wozu ist eigentlich egal. Aber es gehört zu diesem Lebensabschnitt dazu, dass sie sich erlauben, wann immer sie es sich wert sind, einfach auch mal „Nein" zu sagen. Auf der Suche nach sich selbst.

Oder wie man es vielleicht treffender formulieren könnte: auf dem Weg in den Egoismus.

Also: Ich habe Sie gewarnt! Nur für den Fall, dass ich Ihnen bald irgendwie verändert vorkomme. Ich bin dann immer noch ich. Aber auf der Suche nach mir.

DIE BLEIBEN SO KLEIN

„Die?! Machen Sie sich da mal keine Sorgen. Die bleiben so klein. Das ist ja das Praktische." Sprach es und verkaufte mir meine Hausbirke. Der Mann im Gartenmarkt wirkte kompetent. Wir waren extra in den Fachhandel gefahren, um nicht später eine böse Überraschung zu erleben. Denn der Platz, den wir im Garten für unser Bäumchen vorgesehen hatten, war enorm beschränkt. Kein Schattenspender war gesucht, sondern ein dekoratives Zwerggewächs, das uns höchstens mal bis zur Schulter gehen würde, um dann auf dieser Höhe in genau dem schönen Wuchs zu verharren, der uns zum Kauf bewegt hatte.

Das war vor vier Jahren. Der Wuchs ist immer noch wunderschön.

Aber zum Schneiden meines schulterhohen Bäumchens musste ich mir letzte Woche die Ausziehleiter unseres Nachbarn borgen. Wir sind inzwischen bei einer Höhe von gut fünf Metern angelangt. Und es wächst und wächst und wächst.

„Machen Sie sich da mal keine Sorgen. Die bleiben so klein."

Eigentlich hätte ich es ahnen können. Ich hatte nämlich exakt diese Aussage – wenn auch in anderem Zusammenhang – schon einmal gehört.

Als Kind war es mir gelungen, meine Eltern mit genau dieser Fachmeinung eines Zoohandelsexperten dazu zu bewegen, mir doch ein Zwergkaninchen zu kaufen. Ich erinnere mich noch gut, wie er sehr souverän und sogar mit einem leicht überheblichen Tonfall in der Stimme sagte: „Deswegen heißt diese Rasse ja auch Zwergkaninchen."

Aus dem Zwerg war nach nur sechs Monaten ein Riesenrammler geworden, der alles war. Nur nicht klein und niedlich.

Würde einem das mal passieren, wenn man ein kleines Wiener Schnitzel bestellt. Oder eine kleine Hausmacherplatte. Aber nein, immer dann, wenn es wirklich gerne mal ein bisschen mehr sein dürfte, wird das Produktversprechen strikt eingehalten.

Ich vermute inzwischen, dass sich hinter all diesen Verschwörungen ein Racheakt meiner Frau verbirgt. Hatte ich doch zu ihr auch mal gesagt: „Mach Dir keine Sorgen, der bleibt so klein!"

FRIEMELS GROSSE SIPHONIE

Seit ich erwachsen bin, erliege ich regelmäßig aufs Neue dem Irrglauben, ich könne Abflussrohre unter Küchenspülen reparieren. Kennen Sie dieses Gefühl, wenn Sie das von der Spüle her kommende, schlangenförmige Plastikrohr endlich in den aus der Wand ragenden Rohrstutzen gebogen haben und dann genau in diesem Moment die Einzelteile des Plastikrohres wieder auseinanderflutschen? Hat man es dann nach zwanzig Versuchen, dreißig Metern Hanf und einer saftigen Genickstarre endlich gepackt, alles da reinzuwurschteln, wo es hin soll, wird der Ernstfall geprobt: Mit einem kräftigen Ruck am Spülstopfen wird das heiße Wasser im komplett gefüllten Becken abgelassen. Und – platsch – hat man die ganze Brühe in der Küche stehen.

Aber wer wären wir, wenn wir da nicht im Baumarkt die richtige Lösung für unser Problem finden würden. Während der Autofahrt übe ich schon mal, meine Frage in breitestem Saarbrücker Dialekt zu formulieren – nur so wird man vom Verkäufer eines saarländischen Baumarktes wirklich ernst genomen. Bei der Ankunft auf dem Parkplatz herrscht dort ein reges Treiben. Menschen stellen vollkommen überrascht fest, dass die 6-Meter-Küchenarbeitsplatte auf ihrem Einkaufswagen ja gar nicht in ihren VW Lupo passt. Da zerrt die Frau das Riesenteil vorne durch die Beifahrerseitenscheibe, während der Boss von hinten kräftig nachschiebt. Von anderen Besuchern sieht man nur die Schuhe aus dem offenen Kombikofferraum ragen, weil sie gerade dabei sind, die Arretierung des Umklappmechanismus der Rücksitzbank zu suchen.

Im Baumarkt dann Rentner in kurzen grauen Blousons, die an der Information die Reparatur ihrer 23 Jahre alten Stichsäge einzuklagen versuchen, und Heimwerker, die mit der Kassiererin darüber debattieren, ob die Farbe Blau am einen Ende der von ihnen ausgewählten Dachlatte nun Preisgruppe 3,80 Euro oder 4,20 Euro symbolisiert.

Und inmitten all dieser Profis ich mit meinem Abflussrohrproblem. Angekommen in der Sanitärabteilung prallt meine Frage am vermeintlichen Verkäufer gnadenlos ab. „Isch schaffe hie nit!"

Beim zweiten Anlauf dann ein Treffer. Dieser Mann gehört zur Abteilung und hat auch noch Ahnung von Abflussrohren. Und das lässt er mich deutlich spüren. Ja, so wie ich an die Sache herangegangen bin, kann das ja nicht funktionieren. Was habe ich denn überhaupt für 'nen Siffongdurchmesser? Kenne ich denn wenigstens die Durchsatzhöhe? Und wie isses mit dem Öffnungsdurchmesser des Wandrohrstutzens?

Und so kommt es dann wieder, wie es kommen muss: Am nächsten Tag sitzt in unserer Küche ein Klempner unter der Spüle, ist nur vier Minuten beschäftigt, bis alles perfekt klappt, und drückt mir beim Verlassen des Hauses die Rechnung in die Hand, die dafür sorgt, dass ich's beim nächsten Mal doch wieder auf eigene Faust versuche. 4 Euro für Material, 15 Euro für Arbeitslohn und 75 Euro für die Anfahrt.

DAS BÜFFET IST ERÖFFNET

Ich erinnere mich noch gut an das erste Kalt-warme Büffet meines Lebens. Es muss Anfang der 1980er Jahre gewesen sein. Wir waren auf einem runden Geburtstag eingeladen, und die Gastgeber hatten so richtig zugeschlagen.

So was hatte man bis dahin noch nicht gesehen. Früher ging man bei Familienfeiern entweder ins Restaurant und ließ sich bedienen, oder man feierte zu Hause und es kam Braten aus dem Ofen mit Kartoffelsalat auf den Tisch. Aber mit diesen Büffets begann in der Festgesellschaft eine neue Zeitrechnung.

Plötzlich sah es im eigenen Wohnzimmer aus wie bei den Reichen und Schönen im Fernsehen. Die verchromten Rechauds, in denen die Speisen warm gehalten wurden, der Duft der Brennpasten, mit denen sie betrieben wurden, die Kerzenleuchter, die der Partyservice zur Dekoration noch mitgebracht hatte, das alles verströmte einen Hauch von Luxus.

Damals feierte das legendäre Filet Wellington eine unerwartete Renaissance. Genauso Lachs im Blätterteig – der dann in Fischform gebacken war. Aus der üblichen Schinkenplatte wurde eine Roastbeefvariation, und plötzlich lagen aufgeschnittenes Obst und herzhafte Speisen Seite an Seite.

Aber mit dem Büffet zogen auch neue Rituale bei den Einladenden ein. Seither dürfen Gastgeber ihre Begrüßungsrede mit einem feschen „Das Büffet ist eröffnet!" krönen.

Seither gibt es die beliebte Frage: „Au, vunn wemm hannan das doo?" und einen damit verbundenen Büfetanbieterwettstreit unter der Gästen. „Ei, unsersch demletscht war vumm Dings, unn das war aach sehr fein!"
Gerne stellt man auch gemeinsam fest, wie praktisch das doch ist, dass man sich um nichts mehr kümmern muss und alle Arbeit aus den Füßen hat.
Es wäre aber dennoch falsch zu behaupten, wer ein Büfet bestellt, habe keinen Stress mehr. Das stellt jeder fest, der einmal ein Gastgeberpärchen beobachtet, kurz bevor das Büfet eintrifft. Da blickt man in angespannte Gesichter, denn die immer gleichen Sorgen gehen den beiden durch den Kopf: „Isser pünktlich?" und „Hoffentlich reichts!".

FRIEMEL LEBT IN TRENNUNG

Es hält bei mir immer etwa ein halbes Jahr an, dann schmeiße ich wieder das Handtuch. Es geht um die Sache mit der kleinen Mülltonne. Bereits zum dritten Mal habe ich jetzt innerhalb von drei Jahren meine Tonne tauschen lassen. Von der großen 240-Liter-Restmülltonne auf das kleinere „120-Liter-Gefäß", wie es im Mülldeutsch so schön heißt, – und wieder zurück.

Immer wieder glauben wir, wenn wir nur sorgfältig genug trennen, mit der kleinen Tonne hinzukommen. Und immer wieder werden wir eines Besseren belehrt. Manchmal frage ich mich, wie das andere Leute machen. In unserer Nachbarschaft gibt es ein Dreifamilienhaus, vor dem steht EINE kleine Tonne für alle drei Parteien. Und wenn die dann nach zwei Wochen am Straßenrand steht, geht sogar noch der Deckel zu! Wir sind nur eine Partei, und nach einer Woche wird unser großer Sohn einmal in die Tonne gehoben, um zu stampfen, damit noch was drauf geht.

Jetzt kommen Sie mir nicht mit der Müll-Trenn-Nummer. Wir trennen wie die Weltmeister. Papier in die Blaue Tonne, Glas in den Container, alles mit dem Grünen Punkt in den gelben Sack und überschüssige Linsensuppe in die Kloschüssel.

Mehr geht nicht. Trotzdem krieg ich die Klappe nach zwei Wochen nicht mehr zu.

Wir sind zu fünft. Mit Hunden zu siebt. Aber wir betreiben kein Restaurant und auch keine Betriebskantine.

Da werden wir doch für zwei Wochen mit so 'ner kleinen 120-Liter-Tonne hinkommen.

Um mal richtig zu verstehen, wie so etwas funktionieren kann, habe ich kürzlich (sozusagen) einen kleinen Müllkurs bei meinem Freund und seiner Frau absolviert. Die beiden sind zwar nur zu zweit, haben aber oft Besuch von Schwiegervater und Schwiegermutter. Die beiden sind insofern Ansporn für mich, da sie nicht nur mit einer kleinen Mülltonne auskommen, sondern – und das scheint mir die ganz harte Nummer zu sein – auf Leerung dieser schon kleinen Tonne alle VIER Wochen umgestellt haben. Und selbst nach diesen vier Wochen überlegen die zwei noch, was sie außerdem aus dem Keller oder der Garage draufpacken könnten.

Wie das geht, davon durfte ich mich kürzlich überzeugen.

Offenbar ist alles eine Frage der Organisation. Und eines Trennungseifers, der mich blass werden ließ. Da wird vom Wurstpapier aus der Metzgerei sogar noch der hauchdünne Folienteil abgezogen und getrennt vom übrigen Material entsorgt. Bestimmte Anteile von Lebensmittelverpackungen werden geradewegs wieder zum Geschäft zurückgekarrt und dort ordnungsgemäß abgegeben. Essensreste werden an die Tiere in der Nachbarschaft und trockenes Brot an befreundete Pferdebesitzer abgegeben, wenn es nicht alternativ bei der Semmelbröselherstellung im eigenen Haus recycelt wird.

Nachdem ich diesem Treiben eine Zeitlang zugeschaut hatte, habe ich mich dankend verabschiedet und beschlossen: Wir brauchen wieder eine große 240-Liter-Tonne. Koste es, was es wolle. Das ist es mir wert!

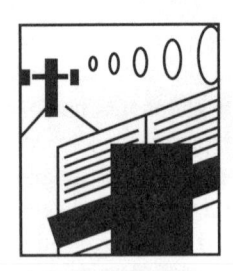

PHÄNOMENE DER LUFTFAHRT

Die Astronauten unter Ihnen werden es wissen: Wenn man im All unterwegs ist, steht vieles auf dem Kopf. Die Naturkräfte sind verkehrt – was normalerweise auf den Boden fällt, schwebt an die Decke. Aber diese Umkehrung der Verhältnisse scheint nicht erst beim Durchbrechen der Erdatmosphäre zu wirken.

Vielmehr habe ich manchmal bereits im normalen Flieger den Eindruck, dass manches gerade anders herum ist als auf dem Erdboden der Tatsachen.

Lassen Sie mich drei Beispiele nennen.

Zunächst einmal das Prozedere nach dem Besteigen des Flugzeugs. Bereits hier ist vieles anders als in der Außenwelt – und da hat man noch nicht mal abgehoben. Wenn die Türen dicht sind und die Maschine bereit ist zum Abheben, dann bittet die Stewardess in aller Regel um Aufmerksamkeit fürs Präsentieren der Sicherheitshinweise.

Unter normalen Umständen müsste eine solche Aufforderung bewirken, dass Menschen aufblicken und nach vorne schauen. Im Flugzeug allerdings führt die Äußerung: „Darf ich Sie kurz um Ihre Aufmerksamkeit bitten!" dazu, dass schlagartig alle Köpfe nach unten gehen und betont routiniert weggehört wird. Ein Phänomen. Aber das ist nicht das einzige.

Wird beim Landeanflug darum gebeten, die Sitze wieder aufrecht zu stellen und von nun an nicht mehr zur Toilette zu gehen, führt dies dazu, dass genau in diesem Moment ein Passagier, der sich in den letzten

Stunden kein einziges Mal bewegt hat, aufsteht, um dringlichsten Bedürfnissen nachzukommen.

Und es wird noch besser – ist man dann gelandet, bleiben die Reisenden gerade so lange angeschnallt, bis der Hinweis ertönt, man solle bitte noch angeschnallt bleiben. In genau diesem Moment geht ein Klicken durchs ganze Flugzeug, so als wolle die gesamte Passagierkabine rebellieren und demonstrieren: Sagt ihr doch, was ihr wollt! Wir machen genau das Gegenteil. Mobiltelefone werden eingeschaltet, Koffer aus dem Handgepäckfach hervorgeholt und Jacken in gebeugter Haltung unter engsten Platzverhältnissen übergestreift.

Es verdichten sich also in der Tat die Hinweise, dass es nicht am Verlassen der Erdatmosphäre liegt, wenn plötzlich alles anders ist. Es scheint viel eher irgendeine besondere Energie zu sein, die von Fluggeräten aller Art ausgeht. Eine Energie, die bewirkt, dass Menschen genau das Gegenteil von dem tun, was sie nach den Gesetzen der Intelligenz unter normalen Umständen tun würden.

Und über den Tomatensaft haben wir dabei noch gar nicht gesprochen …

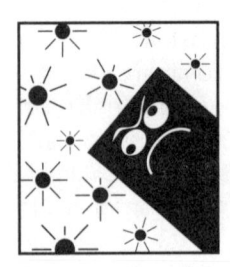

VERSCHWÖRUNGS-THEORIE

Es gibt Tage, da scheinen sich alle Geräte und Maschinen gleichzeitig gegen mich zu verbünden. Einen solchen Tag durfte ich vor Kurzem wieder erleben. Da ging es schon damit los, dass es nicht losging. Will meinen: Die Batterie meines Weckers hatte sich über Nacht verabschiedet und so war ich zum Aufwachen auf meinen Biorhythmus angewiesen. Oder wie ich meinen Biorhythmus auch gerne nenne: auf den kaputten Auspuff unseres Zeitungsboten.

Dieses eine Mal war ich ihm jedenfalls dankbar für sein Geknatter; hatte er mir doch damit den Wecker ersetzt. Aber die leere Batterie war erst der Anfang! In der Küche setzte sich das Spiel fort.

Der Kaffeeautomat begrüßte mich mit einem sympathischen „Schalen leeren!". Kaum hatte ich dies getan, schlossen sich ein nicht minder energisches „Bohnen füllen" und die ernüchternde Feststellung „Wassertank leer" an.

Natürlich habe ich alles brav erledigt. Aber das nun aufleuchtende „Gerät reinigen" habe ich einfach ignoriert. Ich dachte mir: „Freundchen, Du kannst mich mal!"

Aber die Kaffeemaschine und der Wecker waren nicht die Einzigen, die mir an besagtem Morgen übel mitspielen wollten.

Es folgten noch der Geschirrspüler mit seinem eindringlichen Aufruf, ihn doch bitte mit einem Nachschub an Salz und Klarspüler zu versorgen, und die beiden vollen Mülleimer unter der Spüle, auf die selbst nach heftigstem Pressen und Drücken keine Scheibe Käse mehr passen wollte.

Danach war es aber plötzlich für 30 Minuten still. Alles lief wie am Schnürchen. Kein Gerät wollte eine Serviceleistung, eine wohlige Ruhe breitete sich in mir aus. Eine trügerische Ruhe, wie ich gleich feststellen sollte.

Denn neben der Ruhe breitete sich auch ein unverkennbarer Duft vom Flur her im gesamten Haus aus. Bei all den Servicearbeiten an meinen Maschinen hatte ich leider ganz den Service an unseren beiden Vierbeinern vergessen. Das erste Gassi-Gehen des Tages.

Und das hatte sich zwischenzeitlich auch irgendwie erübrigt ...

KINDERGEBURTSTAG DE LUXE

Welchen Abend lieben alle Eltern noch mehr als den Feierabend? Den Abend nach der Kindergeburtstagsparty. Wenn alle Kinder abgeholt, die letzten Pappteller im Mülleimer verstaut sind und das nächste Fest noch ganze 365 Tage entfernt ist.

Wenn die Schweißflecken unter den Achseln langsam abtrocknen und man sich entspannt auf die Couch setzen kann.

Dabei haben die Kindergeburtstage von heute mit den Feiern von vor 30 Jahren überhaupt nichts mehr gemeinsam. Eigentlich ist es für die Mamas und Papas von heute ja leichter. In meiner Kindheit mussten meine Eltern noch die Entertainer geben. Die mussten sich noch richtig was einfallen lassen, um die Brut bei Laune zu halten. Schokoladenwettessen mit Besteck und Handschuhen. Topfklopfen mit verbundenen Augen. Sackhüpfen & Co. All das musste organisiert und betreut sein. Und wenn ein unerfreulicher gruppendynamischer Prozess in Gang kam – sprich: wenn sich die kleinen Gäste gekloppt haben –, dann mussten sie die Pädagogen mimen und schlichtend eingreifen.

Heute übernimmt das, ähnlich wie in vielen Zweigen der Wirtschaft, ein externer Dienstleister.

Wurde in den 1990ern bereits eine „Teilprivatisierung" des Kindergeburtstags in Form eines engagierten Zauberkünstlers oder Clowns eingeleitet, ist die Party von heute nahezu gänzlich in fremder Hand und Obhut.

Eine Art Wettbewerb um den originellsten Kindergeburtstag hat dazu geführt, dass inzwischen nahezu alle Festchen außer Haus stattfinden. Da geht's zum Bowling, zum Minigolf, in die Kletterhalle, ins Kino oder gleich in eine Kinderspielewelt, die freizeitparkähnlich alles bietet, was die kleinen Geburtstagskinder von heute und ihre Freunde erwarten dürfen. Ballbäder, Riesenrutschen und Hüpfburgen für alle Altersklassen, inklusive Verbandsmaterial.

Und während die engagierten Freizeitpädagogen sich dann für drei Stunden mit der Partygesellschaft beschäftigen, zwischendurch sogar das im Gesamtpaket inkludierte Essen in Form von Hähnchennuggets und Pommes gereicht wird, sitzen die Eltern des Geburtstagskindes auf einer nahe stehenden Besucherbank und freuen sich, wenn die Gäste wieder abgeholt wurden, die Rechnung beglichen ist und sämtliche Geschenke heimgeschleppt sind!

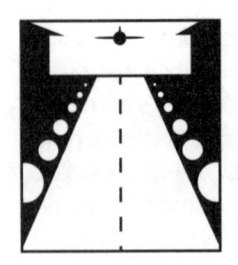

LANDEFEUER IM GARTEN

„Achtung, Achtung! Friemel Tower an alle Flugzeuge mit Ziel Saarbrücken-Ensheim. Dies ist eine Warnmeldung: Ignorieren Sie bitte die Landebahnbefeuerung Dudweiler-Süd und folgen Sie stattdessen wie gewohnt auch weiterhin den Anweisungen der Flugsicherheit Saarbrücken-Ensheim."

Entschuldigen Sie, dass Sie sich jetzt hier mit meinen privaten Angelegenheiten auseinandersetzen müssen. Aber ich fürchte um Haus und Leben.

Gestern habe ich schon mal mit großen Schritten den Garten abgemessen. Aber es reicht hinten und vorne nicht. Einen Hubschrauber würden wir da eventuell noch runterbekommen. Aber alles andere geht definitiv nicht. Weder Segelflieger noch Cessnas. Und erst recht keine Boeings aus Mallorca und auch keine Airbusse aus Berlin.

Warum ich solche Malheure fürchte? Weil es von oben so aussehen muss, als wären die Gärten in unserer Straße die neue Landebahn Dudweiler-Süd des Saarbrücker Flughafens.

Alles hat vor einigen Wochen damit angefangen, dass unsere Nachbarn zwei Häuser straßenabwärts ihren Garten mit einem Satz Solarleuchten dekoriert haben. Es sollte eine Markierung der Gartenwege werden. Und gleichzeitig eine optische Aufwertung, die insbesondere beim Blick vom Balkon aus der zweiten Etage noch deutlich wahrnehmbar ist. Insofern fiel die Wahl auch nicht auf eher unauffällige kleine Steckleuchten, die nach unten weisen und dabei eben den Weg ausleuchten.

Nein, zum Einsatz kamen wasserballgroße Kunststoffkugeln, in deren Innern kleine, aber extrem leistungsfähige Solarzellen verbaut sind, die nach Einbruch der Dämmerung für ein Illuminationsspektakel erster Güte sorgen.

Nicht nur, dass die Dinger leuchten. Nein, sie wechseln dank eines ausgeklügelten Elektrochips auch alle zehn Sekunden ihre Farbe. Von Weiß nach Rosa, von Rosa über Tiefrot nach Violett, und dann hin zu Grün und einem die Seele ergreifenden Blau.

War bisher nur zu befürchten, dass wir deswegen demnächst das Saarbrücker Kulturdezernat mit Anfragen bezüglich eines Veranstaltungsortes für das „Perspectives"-Festival an der Backe haben würden, hat sich die Lage am Wochenende dramatisch zugespitzt.

Unser direkter Nachbar im Nebenhaus hat Geburtstag gefeiert. Und wohl im Vorfeld höflich, aber fatal beim Leuchten-Nachbar mal erwähnt, wie gut ihm dessen Solar-Beleuchtung gefalle. Ich brauche Ihnen jetzt wohl nicht zu erzählen, was Nachbar B von Nachbar A zum Geburtstag geschenkt bekommen hat?

Jedenfalls nimmt die nächtlich illuminierte Gesamtfläche in den Gärten der Straße jetzt doch bedenkliche Ausmaße an. Insofern gestatten Sie mir noch einmal den Warnhinweis:

„Achtung, Achtung! Friemel Tower an alle Flugzeuge mit Ziel Saarbrücken-Ensheim. Ignorieren Sie bitte die Landebahnbefeuerung Dudweiler-Süd!"

LEERGUT

Es gibt nur selten Tage, an denen man mit einem vollgepackten Einkaufswagen an die Supermarktkasse kommt und am Ende nix bezahlen muss. Sondern auch noch Geld rausbekommt. Aber es passiert. Etwa alle acht Wochen habe ich dieses Erfolgserlebnis. Und Sie können das auch haben. Das Rezept dafür ist ganz simpel. Sie müssen nur zwei Monate lang beim Getränkekauf kein Leergut abgeben. Und dann alles auf einen Schlag zurückbringen. Allerdings ist das Ganze bei mir weniger eine strategisch geplante Aktion, sondern die Auswirkung einer chronischen Wegbringfaulheit. Der Effekt jedoch ist der gleiche. ´Ne Menge Pfandgeld! Als ich kürzlich – einem dezenten Hinweis meiner bezaubernden Gattin folgend – in den Keller kam, war mir schlagartig klar: Wenn ich das alles weggebracht hatte, würde ich wahrscheinlich ein Leben in Saus und Braus führen können.

Es hatte sich dort eine Menge an Getränkekisten und Säcken mit Pfandflaschen angesammelt, die ich locker als Wertsteigerung unseres Hauses im Grundbuch hätte eintragen lassen können. Es war also wieder mal an der Zeit, Platz zu schaffen.

Ich räumte den Kofferraum frei, das Leergut ein und machte mich dann auf den Weg zum Supermarkt. Wären die Kofferraumscheiben nicht getönt, wären wahrscheinlich jubelnde Kinder neben mir hergelaufen, fröhlich rufend: „Juchhu, der Zirkus ist in der Stadt!"

So ganz falsch hätten sie damit nicht gelegen. Denn beim Beladen des viel zu kleinen Einkaufswagens auf dem Supermarktparkplatz kam ich mir schon so ein bisschen vor wie ein Artist beim großen Balanceakt. Besonders groß war die Freude aber bei den anderen Menschen an der Leergutrückgabe. Denn für sie war ich der große Blockierer.

Witwer und Studenten, die ihre drei Sprudel- und Bierflaschen in der Jutetasche mitgebracht hatten, standen hinter mir am Automaten an und sie wussten: Das wird ein langer Morgen. Denn nicht nur, dass ich VIELE hatte – die Flaschen machten mit mir auch den Harry! Bei jeder dritten Flasche, die ich einführen wollte, meldete der Automat: „Marke nicht erkannt. Flaschenboden zuerst!"

Was waren das noch Zeiten, als da hinter der Leergutkasse ein Mensch stand, der den Wagen kurz überflog, beherzt mit anpackte und einem schneller, als man gucken konnte, einen unterschriebenen Leergutbon aushändigte, bevor man seine Kisten und Flaschen schnell zu den entsprechenden Paletten fuhr.

Aber: Diese Menschen gibt es ja nicht mehr. Das heißt – ich stelle mir immer vor, dass es sie sehr wohl noch gibt. Und dass sie auf der anderen Seite des Automaten auf den Knien darauf warten, dass ich meine Kisten zu ihnen reinschiebe. Und in der Tat: Manchmal kommen sie aus diesem Versteck hervor. Immer dann, wenn ich da bin. Dann werden sie gebraucht. Denn wie durch einen Fluch begrüßen mich Leergutautomaten spätestens nach der zweiten Flasche mit den netten Worten: „Behälter voll! Bitte Personal rufen!"

OHNE MOOS NIX LOS

Es kommt „aus meinem Umfeld", wie man so schön sagt. Es sind deutliche Hinweise, die rein als Tipp und keinesfalls als Aufforderung zu verstehen seien. Empfehlungen bezüglich der Pflege meines Rasens. Man meint, dem würde man den Winter aber ansehen. Da wäre ja nur noch Moos drin. Daran hätte ich bald keine Freude mehr.

Die wohlmeinenden Stimmen deuten an, nun, da der Frost vorbei sei, würde es aber Zeit. Vor allem, weil doch jetzt alles ganz schnell ginge. Für Ostern wäre ich sowieso schon zu spät dran. Ich könne froh sein, wenn ich da bis zu den Sommerferien wieder einen schönen Grasteppich hätte.

Aber es wäre ganz einfach. Es müsste halt nur gemacht werden. Am besten so schnell wie möglich. Das wäre auch gar keine große Affäre. Ein Nachmittag vielleicht, und dann wäre die Kuh vom Eis bzw. das Moos aus der Erde.

Das bräuchte man auch nicht mehr mühselig von Hand zu machen. Ich könne mir auch gerne das Gerät ausleihen. Es wäre nicht nötig, sich selbst so etwas zu kaufen, das brauche man viel zu selten, und es würde doch reichen, wenn man nur wüsste, wer eins hat.

Ich sollte einfach kurz mit dem Auto vorbeikommen und es in den Kofferraum laden, 'ne Flasche Wein und die Sache wäre vergessen.

Ansonsten bräuchte ich nur noch 'ne Tüte Dünger und zwei Säcke Rasensamen, und dann könne es losgehen.

Drüberfahren, düngen, nachsäen und fertig. Ich würde schon sehen – das lohne sich.

Liebe Schlagerfreunde: Ich will Euch jetzt mal was sagen! Das kommt mir alles arg bekannt vor. So, als hätte ich diese Ratschläge vor zwei Jahren schon mal bekommen – und dummerweise auch befolgt.

Mir ist, als wäre ich mit einem rasenmäherähnlichen Teil namens Vertikutierer durch meinen Garten gelaufen und als wäre danach von meiner Rasenfläche nur noch ein ackerähnliches Stück Erde übrig gewesen. So, als sei nicht nur das Moos entfernt und die Erde aufgelockert worden, sondern als wäre auf einen Schlag auch alles Gras verschwunden.

Mir ist, als hätte ich danach ordentlich gedüngt und gesät und dann die nächsten drei Monate trotzdem von der Terrasse aus nur noch auf Ödland geschaut. Fast hätte ich gesagt, von der Terrasse aus BEI EINER FLASCHE WEIN auf Ödland geschaut. Aber nach der Aktion war leider nicht nur das Gras weg. Die Flasche Wein hatte ich ja als Gegenleistung für die Geräteleihe investiert.

Also – will sagen: Ich will nichts mehr hören. Moos ist grün und Moos ist schön. Ich liebe Moos. Alles klar?

VON WALKERN UND WACKLERN

Sie wissen ja: beim Waldspaziergang immer schön leise sein. Nicht zu laut reden. Keine unnötigen hektischen Bewegungen und kein Gesang. Sonst verscheuchen Sie sie!

Die sind nämlich sehr schreckhaft. Und nicht ganz ungefährlich, wenn sie im Rudel auftreten und dem gemeinen Spaziergänger ins Auge blicken.

Die Spezies der Nordic Walker!

In den letzten Jahren wurden sie in unseren Wäldern heimisch und entwickeln sich seitdem prächtig. Die Population ist stark zunehmend, die Rudelgröße bewegt sich so um die fünfzehn Nordic Walker. Meistens gesellen sie sich um einen Anführer, der all sein Wissen und Können an die Meute weitergibt.

In einem Nordic-Walking-Leiter-Kurs hat er all das gelernt, was er kann. Früher war er mal Fußballtrainer der Jugendmannschaft des Ortes, aber nun hat er den Wald und dessen neue Bewohner für sich entdeckt.

Sein gesellschaftlicher Status übersteigt sogar den des örtlichen Tennislehrers, im Ansehen ist er bei Freunden und Bekannten seit der Nordic-Walking-Ausbilder-Ausbildung um ein Vielfaches nach oben geklettert.

Sein Rudel ist bunt gemischt. Frauen über vierzig und Männer über fünfzig sind besonders häufig zu finden.

Die beliebteste Übung mit der Meute ist das „Stöckchen halten".

Wer dies einmal richtig beherrscht, wird im Bekanntenkreis nicht müde, selbst den Menschen, die es überhaupt nicht interessiert, beizubringen, wie man die

Stöcke richtig hält und warum man sie nur im Sportgeschäft kaufen sollte.

Weil sie nämlich dort auf den jeweiligen Körper ganz individuell gramm- und zentimetergenau angepasst und dann mundgeklöppelt werden!

Wer hingegen seine Stecken „beim Aldi kaaft", wird nur müde belächelt. Und außerdem wahrscheinlich demnächst unter starken körperlichen Beeinträchtigungen leiden, weil der falsche Stecken alles kabutt gemacht hat!

Wenn Sie also solch einem Rudel von Stock- und Popowacklern im Wald begegnen, sehen Sie zu, dass Sie schnellstmöglich dran vorbeikommen.

Insbesondere wenn die Gruppe noch damit beschäftigt ist, sich warm zu machen. Die lustigen Stocktänzchen und Schulterübungen werden Sie noch ertragen, ohne dabei eine Miene zu verziehen. Die ernsten Gesichter, die die Teilnehmer dabei machen, die könnten Sie dann aber doch zu einem Schmunzeln hinreißen.

Ansonsten sollten wir uns vielleicht einfach an den positiven Nebeneffekten erfreuen, die der Vormarsch der Nordic Walker mit sich bringt. Beispielsweise an der deutlich verbesserten Ausschilderung im Wald. Seitdem die Wege zur Walker-Rennbahn geworden sind, gleicht die nämlich der Beschilderung kurz vor dem Frankfurter Kreuz.

IM MUSEUM

Beobachten die mich? Gucken die genau hin, wenn ich irgendwo genau hingucke? Urteilen die über mich anhand des Tempos, mit dem ich durch ihre Räume laufe?

Museumsmitarbeiter sorgen bei mir immer für Beklemmung. Das beginnt schon an der Kasse. Da ist die Kommunikation auf das Mindestmaß beschränkt. Ein mimikfreier und stummer Austausch von Eintrittskarten und Geld, der lediglich in der Aufforderung gipfelt, den Rucksack im Schließfach um die Ecke zu deponieren.

Dann das Betreten des ersten Raumes. Statt eines „Hallos" nur mürrisches Abreißen der Eintrittskarte. Oder sind Sie im Museum schon mal mit einem fröhlichen, offenen „Schönen guten Tag und viel Spaß!" begrüßt worden? Geschweige denn mit einem Lächeln. Museum ist ein bisschen wie Kirche. Nur ohne Orgel und Beten.

Da unterhält man sich nur flüsternd, guckt konzentriert und nickt ab und zu anerkennend. Aber freuen tut man sich eher nicht. Da hängen Bilder, die vielleicht irgendwo in einem lichtdurchfluteten Raum bei offener Terrassentür in der Provence in ausgelassenster Stimmung entstanden sind, und fristen ihr trauriges Dasein nun in wohltemperierten Sälen an dunkelgrauen, dunkelblauen oder dunkelroten Wänden. Gerne betrachtet mit hochgezogener Augenbraue und aus unterschiedlichsten Blickwinkeln und Distanzen.

Was sind das eigentlich für Menschen, diese Museumswärter? Was macht sie zu solch verbitterten und wichtig dreinschauenden Gestalten?

Wenn ich einen neuen Raum betrete, mustern sie mich ausgiebig und blicken durch mich hindurch. Gleichzeitig. Sie geben mir wortlos das Gefühl, ein ihrer ausgestellten Kunst nicht würdiger Laie zu sein. Sie bewerten mich anhand meiner Vorlieben, der Auswahl der Exponate, die ich mir länger angucke als andere. Sie wechseln die Seiten, verschwinden scheinbar rücksichtsvoll im nächsten Raum, stellen sicher, dass dort niemand ein Drei-Meter-Gemälde in seiner Hosentasche verschwinden lässt. Und wenn ich dann gehe, vielleicht sogar schon nach kurzer Zeit und eben diese Meisterwerke vernachlässigend, die ihrer Meinung nach die wirklich wichtigen sind, gleicht die Verabschiedung nahezu haargenau der Begrüßung. Ein kurzes Nicken. Dazu die Lippen dezent umspielt von einem überheblichen Lächeln, das mir vermittelt: Adieu, du Banause.

ERFOLGREICH ABGESCHLEPPT

Dass ich den Schlüssel vom Auto vergesse, das wäre nichts Neues. Dass aber mein Auto seinen eigenen Schlüssel vergisst – das war dann schon eine Premiere.

Sie fragen sich, wie das geht? Diese Frage hätte ich Ihnen bis vor ein paar Tagen auch nicht beantworten können. Aber seit meiner Panne letzte Woche weiß ich: In Zeiten modernster Fahrzeugtechnik ist nichts unmöglich. Seit der Schlüsselbart eigentlich nur noch Nebensache ist und alle wichtigen Informationen zum Öffnen und Starten des Autos auf dem Plastikteil mit dem irreführenden Namen Schlüssel elektronisch abgespeichert sind.

Ich hatte diesen Schlüssel also in der Hand. Konnte ihn somit auch ins Zündschloss stecken – aber mein Auto erkannte seinen Partner nicht mehr. Es hatte ihn schlicht vergessen – in Technikersprache: Es hatte ihn verlernt –, die Informationen waren gelöscht. Der Wagen sprang einfach nicht mehr an.

Ein Test mit dem Zweitschlüssel meiner Frau ergab sehr schnell, dass nicht der Schlüssel das Problem war, sondern sein Gegenpart im Zündschloss. Die – wie man mir in der Werkstatt später erklärte – Funktionseinheit!

Wer jetzt denkt : Feine Sache, da wird einfach ein neues Zündschloss eingebaut – dem sei gesagt: Pustekuchen. So wie bei manchen Autos der Oberklasse bei einem defekten Abblendlicht nicht mehr nur ein Birnchen, sondern gleich der gesamte Scheinwerfer ausgetauscht werden muss, so empfing mich beim Abholen meines Wagens in der Werkstatt ein nahezu komplett neues Armaturenbrett mit neuem Tacho, neuem Tourenzähler, neuer Anzeigetafel & Co.

Und wer jetzt denkt: Ups, das wird ja dann wohl auch so teuer gewesen sein wie ein neues Armaturenbrett, dem sei nun gesagt: Diese Vermutung stimmt. Schöne, neue Welt. Aber wurscht. Die Hauptsache, der Gute rollt wieder.

Das Alles ist fast wieder vergessen. Das heißt – fast! Einzig eine Sache könnte mir bei der ganzen Angelegenheit irgendwann noch einmal bitter aufstoßen. Die Geschichte mit dem ADAC-Mann! Der mich in die Werkstatt geschleppt hat. Das lief alles perfekt. Er war schnell vor Ort, er schleppte unkompliziert ab und war zudem sehr freundlich.

Aber als wir zum guten Schluss bei den Formalitäten angelangt waren, wünschte sich „Paul", wie er sich vorstellte, zusätzlich zum Autogramm auf dem Schadenformular auch noch eine Autogrammkarte mit Widmung von mir.

Stolz, erkannt geworden zu sein, griff ich beherzt zur Karte und signierte mit einem flotten Spruch für den netten Pannenhelfer. Erst gestern wurde mir wieder bewusst, was ich da geschrieben hatte. Und ich hoffe sehr, dass diese Karte nie in die falschen Hände geraten wird. Denn darauf steht: „Lieber Paul! Danke für's Abschleppen. Es war toll. Dein Michael!"

AN DER ALDI-FRONT

Wer meint, die großen Kriege unserer Zeit wären nur bei CNN und N-TV zu sehen, der täuscht sich gewaltig. Die Schlacht tobt in unserer unmittelbaren Umgebung. An den Tagen, an denen bei Aldi die neuen Angebote gelten.

Völlig ahnungslos bin ich dort zwischen die Fronten geraten. Dabei wollte ich nur ein Sträußchen Rosen besorgen. Das mache ich, wie alle gewieften Ehemänner, stets bei Aldi – weil man dort das Geld, das man beim Rosenkauf spart, gleich in 'ne Flasche Aldi-Schampus investieren kann. Und dann zu Hause von der Gattin gefeiert wird. Abgesehen von der Tatsache, dass „die kläane Reesjer aus em Aldi eh die bäschde sinn unn am längschde halle!", wie die Kenner wissen.

Doch ich schweife ab – eigentlich wollte ich Ihnen ja von den militanten Auseinandersetzungen beim Discounter erzählen. Zeitsprung.

Der Tag: Donnerstag. Die Zeit: 8.00 Uhr. Der Ort: Aldi!

Ohne böse Vorahnung will ich besagte Röschen besorgen und denke schon beim Einparken: Irgendwas ist hier heute faul. Kaum ein freier Parkplatz. Und das um diese Zeit. Komisch. Und dann die Lage vor den Toren des Einkaufsmarktes. Schätzungsweise 80 Menschen, die darauf warten, Einlass in die heiligen Hallen der Smartshopper gewährt zu bekommen.

Die Mischung der Käufer scheint mir recht skurril. Zur einen Hälfte junge Männer um die zwanzig und zur anderen Hälfte offensichtlich durchsetzungsstarke und zu Allem bereite Frauen um die fünfzig. Und mittendrin: Ich!

Erst als ich mich dem Eingang nähere und einen Blick auf das Wochenprospekt im Fenster werfen kann, fällt es mir wie Schuppen aus den Augen. Eine gefährliche Kombination wird da heute angeboten: Zum einen der berüchtigte Aldi-Computer, der ja alle sechs Monate für Furore sorgt, und zum anderen Kinderrutschhosen für die Sandkiste.

Bedeutet: Heute treffen hier zwei Welten aufeinander. Die Computerfreaks, die beim Kampf um einen der zehn PCs in der Filiale keine Niederlage dulden. Und die Omas, denen am Wühltisch nur eines heilig ist: die Konfektionsgröße ihrer Enkel.

Während diese beiden Fraktionen also ihren Gefechten nachgehen, nutze ich die Gelegenheit, gleich zur Kasse durchzuhuschen und mir dort mein Bündelchen Röschen zu schnappen. Rot, frisch und nass.

Schnell mache ich mich ans Bezahlen. Gerade noch rechtzeitig, denn am Tisch mit den Kinderhosen kommt es zeitgleich zu ersten dramatischen Szenen:

„Finger weg! Die gelb Bux in 92-98 gehört mir!"

DANKSAGUNG

Kürzlich bin ich wieder mal auf einem Seminar daran erinnert worden: „Sag öfter mal Danke – es tut Dir selbst gut." Diese Botschaft hat mich dazu inspiriert, jetzt und hier meinen Dank zum Ausdruck zu bringen.

Zuerst musste ich überlegen, wem ich denn überhaupt danken möchte. Aber dann war ich überrascht, wie viele Menschen es doch wirklich verdient haben, hier erwähnt zu werden. Allzu oft geht man über ihre freundlichen Dienste einfach so hinweg. Nimmt sie als selbstverständlich hin. Vergisst eben: Danke zu sagen. Das möchte ich heute nachholen.

Ich danke insbesondere all den freundlichen Verkehrsteilnehmern, die mich durch ihr aufmerksames Verhalten vor so manchem Unheil bewahrt haben.

Allen voran den Fahrern, die an der Ampel hinter mir hupen, wenn ich eine Hundertstelsekunde zu spät registriere, dass sie grün geworden ist.

Und mehr noch den Fahrern, die genau im umgekehrten Fall hupen, also wenn ich gerade noch vor ihnen bei Orange über die Ampel gekommen bin. Mit ihrer Lichthupe und dem freundlichen Betätigen des Signalhorns empfehlen sie sich geradezu als besonders aufmerksame Mitglieder unserer Gesellschaft, die die heillos überforderte Polizei aufopfernd bei der Arbeit unterstützen.

Danke. Ja, danke allen pädagogischen Autofahrern, von denen ich noch so viel lernen könnte.

Aber natürlich möchte ich all die vielen netten Zweiradfahrer nicht vergessen, die mich schon oft vor unrechtmäßigem Überholen bewahrt haben.

Wir kennen die Situation alle: Wir verlassen die geschlossene Ortschaft, das Tempolimit ist aufgehoben und vor uns ist ein Motorrollerfahrer unterwegs, der beherzt seine 50 Sachen voll ausfährt. Absolut zu Recht nutzt er dabei die Fahrspur voll aus. Frei nach dem Motto „Mofa, mittig, mahnend" teilt er uns mit: Ich bin ein Verkehrsteilnehmer wie Du auch, und ein bisschen Ruhe im fließenden Verkehr kann Dir gar nichts schaden.

Danke. Danke für all die Momente der Ruhe und Meditation im ansonsten doch ach so stressigen Straßenverkehr. Wie oft vergesse ich, wem ich sie wirklich zu verdanken habe. Alleine käme man doch nie auf die Idee, sich für die fünf Kilometer Landstraße von Limbach nach Homburg eine halbe Stunde Zeit zu nehmen. Danke.

DER LIEBSTEN MAL WIEDER DEN HOF MACHEN

Ich habe da mal eine Frage an die Mediziner unter Ihnen: Kann man eigentlich an einem „Kärcherarm" leiden? Ich hoffe es sehr. Andernfalls hätte mich der Alterstremor doch recht früh erwischt.

Der erste Schock war groß, als ich am Samstagabend die Gabel nicht wackelfrei zum Mund führen konnte. Gott sei Dank verfiel meine Frau nicht mit mir in Panik, sondern wusste gleich, woran es liegen musste. Ich hatte den ganzen Tag über mit Hochdruck ums Haus herum gereinigt. Sechs Stunden lang hatte ich nichts anderes gemacht, als eine schnell vibrierende Wasserpistole für Erwachsene in der linken Hand zu halten.

Bei der Arbeit selbst ist mir das Zittern noch gar nicht so aufgefallen. Sie wissen doch: Wenn Männer kärchern, dann vergessen sie die Welt um sich herum. Es war ein Tag, so wunderschön, ein Tag, wie für's Hochdruckreinigen gemacht.

Schon beim Anblick der aufgehenden Sonne wusste ich: Heute mach ich meiner Frau mal den Hof. Und zwar so richtig schön sauber. Keine fünf Minuten nach dem Frühstück war ich draußen.

Ach, was war das für ein gutes Gefühl. Zwei Jahre hatte ich nicht gekärchert. Aber in diesem Jahr war ich fest entschlossen, Moos und Grünspan auf den Pelz zu rücken.

Die Tücke: Mit der Hochdruckreinigung rund ums Haus verhält es sich wie mit dem Rasieren der Brustbehaarung. Also bei Männern. Hat man einmal damit begonnen, muss man immer wieder ran. Ist die Versiegelung erst mal weggepustet, setzt der Dreck von Jahr zu Jahr schneller an. Aber Sie glauben gar nicht, wie sehr ich das feuchte Vergnügen liebe!

Das fängt schon mit dem Ritual der Vorbereitung an. Rein in die Anglerhose und die Gummistiefel. Wasserschlauch abrollen, Kabeltrommel abwickeln und beides geschickt ums Haus herumführen. Und dann: Dieses berauschende Gefühl, wenn der Motor anspringt und das Gerät zum ersten Mal Wasser zieht. Einfach toll. Den Blick fest auf den zu reinigenden Untergrund gerichtet, legt man los. Verbundsteinreihe um Verbundsteinreihe wird mit stoischer Akribie bearbeitet. Schnell nimmt man nichts mehr um sich herum wahr. Man registriert nicht, dass man die komplette Verfugung im Wahn raussprengt, nicht, dass man von Kopf bis Fuß nass und nasser wird, und auch nicht, dass mit zunehmender Sauberkeit des Bodens die Dreckspritzer an Hauswand und Fenstern zunehmen. Das wird einem erst bewusst, wenn die Stimme des eigenen Gewissens – also die Stimme der Gattin, der man eigentlich den Hof machen wollte – deutlich zu verstehen gibt, dass hier etwas falsch läuft.

Aber wenn man abends nach getaner Arbeit mit der Angetrauten auf der Terrasse sitzt und den Blick gemeinsam über die blitzblanken Verbundsteine schweifen lässt, dann ist alles wieder gut. Und dann gibt es nichts Schöneres, als wenn einem die Liebste sagt: „Ach Schatz, guck nur, wie Dein Arm zittert, aber das war's wert …"

VON WEGEN: DRAUSSEN GIBTS NUR KÄNNCHEN

Ich erinnere mich noch gut an die Zeit, als mein Körper in Sommernächten regelmäßig unter den immer gleichen Symptomen litt: Ständiges Mal-müssen-müssen und ein Bluthochdruck, der zum Stepptanz im Schlafzimmer verführte. Ich war gleichzeitig so voll und so hibbelig, dass ich andauernd vom Bett zum Klo und wieder zurück tanzte.

Die Ursache: übermäßiger Kaffeegenuss. Gezwungenermaßen. Denn es war die Zeit, in der noch die Parole galt: „Draußen gibts nur Kännchen."

Kaum war Sommer und kaum konnte man im Lieblingscafé wieder draußen sitzen, war man gezwungen mehr zu trinken, als man eigentlich wollte. Warum? Weiß der Geier! So oft ist das Phänomen in der Gegenwartsliteratur schon diskutiert worden. Und auch in meinem Kopf sind so viele Erklärungen dafür entstanden. Flogen die Tassenportionen im Sommer in den Süden und kamen erst im Winter zurück? Waren sie vielleicht mit der Aufzucht ihres Nachwuchses beschäftigt? Oder trauten sie sich etwa alleine, ohne die Begleitung eines starken Kaffeekännchens, nicht hinaus auf die Terrasse? Ich bin bis heute nicht dahintergekommen.

Aber heutzutage muss ich mir darüber auch keine Gedanken mehr machen. Ich schlafe wieder trocken durch. Denn die Zeit des Filterkaffees ist vorbei.

Stattdessen heißt es: Willkommen im Zeitalter der Kaffeespezialitäten. Latte, Americano und Doppio haben uns vom Fluch des Kännchens befreit und geradewegs ins nächste Verderben gestürzt. Die Qual der Wahl. Kein

Kaffeehaus kann es sich heute mehr erlauben, keinen Cappuccino auf der Terrasse zu servieren. Spezielle Coffeeshops bieten eine dermaßen große Auswahl an Kaffees an, dass man gar nicht mehr auf die Schnelle bestellen kann. Es werden uns Entscheidungen abverlangt, die wir nicht ohne ein mehrminütiges Studium von Kaffeekarte oder Angebotstafel treffen können.

Macchiato, Mocha oder Espresso? Voll-, halb-, oder entkoffeiniert? Mit Mager-, Halbfett- oder Sojamilch? Und das Ganze in Tall, Grande oder Venti? Und überhaupt: zum Hier-trinken oder Mitnehmen?

Als ich während meines ersten Besuchs bei Starbucks erstmals all diesen Fragen ausgesetzt war, wurde mir regelrecht schwindlig. Es lastete (nicht zuletzt bedingt durch die lange Schlange hinter mir) ein dermaßen großer Entscheidungsdruck auf mir, dass ich letztendlich etwas bestellt habe, was ich gar nicht wollte.

Nur, damit es endlich vorbei war. Damit ich nicht weiterhin die auf mir lastenden, genervten Blicke der Bestellprofis unserer neuen Coffee-to-go-Gesellschaft ertragen musste.

Fast wäre ich versucht gewesen einfach zu sagen: „Für mich Kaffee bitte. Ein Kännchen."

DIE FAHRKARTEN BITTE

Kürzlich war ich mit der Bahn unterwegs. Acht Stunden am Stück. Quer durch Deutschland. Um es gleich zu sagen: Ich kann mich nicht beschweren! Die Züge waren pünktlich, mein reservierter Sitzplatz war vorhanden und auch frei. Was nicht selbstverständlich ist, denn es hätte auch genauso gut anders sein können. Ich saß nämlich in Wagen 24. Davor befand sich Wagen 21. Denn die Wagen 22 und 23 waren, wie wir per Durchsage etwa zwanzig Minuten nach Abfahrt erfuhren, leider nicht mit von der Partie. Warum auch immer. Sie waren einfach nicht vorhanden. Was dazu führte, dass in unserem Wagen ein Kleinkrieg ausbrach. Zwischen uns und den Menschen, die sich von vorne durchgearbeitet hatten und nun nach numerischer Logik ja davon ausgehen mussten, sich in ihrem Wagen zu befinden. Taten sie aber nicht. Und so mussten ich und meine Mitfahrer in Wagen 24 uns ständig dafür rechtfertigen, auf unseren ordnungsgemäß reservierten Plätzen zu sitzen. Von einem Zugbegleiter, der für Klärung hätte sorgen können, gab es zunächst einmal keine Spur. Der wusste schon, warum er sich an der Zugspitze erst mal um die vier Premium-Fahrgäste der ersten Klasse kümmerte.

Aber ich sollte später noch Gelegenheit bekommen, den Zugbegleiter kennenzulernen. Als er nämlich auftauchte, um mit der altbekannten Schaffnerzange aus dem vorvorherigen Jahrhundert die Billets abzuknipsen. Da war er bei mir jedoch falsch. Dachte ich zumindest. Denn ich hatte online gebucht und somit auch ein Online-Ticket erhalten. Eine Mail, mit scannbarem QR-

Code, die ich in meinem iPhone mit mir führte. Aber als ich dem Schaffner das hinhielt, schüttelte er nur den Kopf und meinte, das ginge so aber nicht. Er brauche das Ticket in ausgedruckter Form.

Liebe Freunde von der Bahn, ihr seid so lustig. Das Ding heißt Online-Ticket. Ich habe es kurzfristig gebucht. Und Ihr selbst habt sogar einen Barcode zum Scannen darauf untergebracht. Aber was rege ich mich eigentlich auf? Was will man von einem Unternehmen verlangen, dessen Zugbegleiter im einundzwanzigsten Jahrhundert noch mit einem zerfledderten Kursbuch durch die Sitzreihen laufen, während die Passagiere ihnen auf ihren Smartphones zeigen, wo ihr Zug gerade steckt.

Aber dann gab es doch noch ein Highlight zur Entschädigung. La Ola im Großraumwagen. Zuerst eine Lautsprecherdurchsage, ein „Achtung, ein Reiseruf", in dem „Frau Valerie Schön" gebeten wurde, das Zugpersonal anzusprechen.

„Frau Valerie Schön" saß in unserem Wagen und tat genau dies vor unser aller Ohren.

„Ja, das bin ich, was gibt es denn???"

Worauf der Schaffner sagte: „Ihr Mann hat gerade angerufen – Sie haben ihn am Bahnsteig in Leipzig vergessen!"

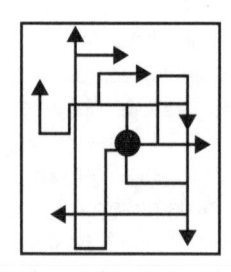

ENTDECKE DIE MÖGLICHKEITEN

Kennen Sie Ingo? Wie ist's mit Klippan? Oder was sagt Ihnen Leksvik? Wenn Sie diese drei lustigen Gesellen nicht kennen – kein Problem! Wenn Sie aber schon einmal die Bekanntschaft mit ihnen gemacht haben – dann sind Sie ins Fangnetz von IKEA geraten.

IKEA, das innovative, junge und angeblich unkomplizierte schwedische Möbelhaus, das inzwischen nicht mehr nur für preiswerte Möbel, sondern auch für Nippes in allen Lebenslagen steht. Vieles hat sich im Laufe der Jahre geändert. Reslig, Bonde oder Molnik sind ins Programm genommen worden und auch essen kann man inzwischen bei IKEA.

Morgens um halb zehn stehen die Leute Schlange, um günstig zu frühstücken.

Aber vieles ist uns auch vertraut geblieben in der Welt der Regale und Sofas. Da ist z.B. IVAR, mit dem alles begann – das Lattenregal aus Kiefernholz, das Studenten heute wie damals als Raumteiler im Einzimmerappartement einsetzen. IVAR entwickelt sich mit den Menschen. Er wandert mit steigendem Einkommen vom Appartement mit in die 3-Zimmer-Mietwohnung, wo er dann im Schlafzimmer als Bücherregal benutzt wird, um zehn Jahre später im eigenen Haus immerhin noch eine tragende Funktion im Vorratskeller zu bekleiden. Und natürlich geht beim Möbelschweden heute wie damals nix ohne den Schlüssel zum Glück. Den Inbus zum Erfolg.

Wenig geändert hat sich auch an den Orientierungsmöglichkeiten im Einrichtungshaus. Wer meint, die

Kasse bald erreicht zu haben, hat nicht mit der großen Ostkurve und der 7-Kilometer-Schleife ab der Spiegelabteilung gerechnet.

Vorbei an Lampen, Korbwaren und Bilderrahmen führt dieser Kurs, der uns allen auch als „Straße der Schnäppchen" bekannt ist. Wer mit seiner Frau auf diese Route gerät, wird am eigenen Geldbeutel erfahren, was es bedeutet, wenn man mal gar nix braucht, außer „'nem Pack Teelichter und vier Tischsets". Erotisiert von den durch die Klimaanlage des Einrichtungshauses versprühten Düften lädt die Gattin in den Einkaufswagen, was nicht an den Regalen festgeklebt ist. Weils doch gerade so günstig ist.

Männer, die sich nach einem solchen „Mini-Einkauf" auf dem Parkplatz umschauen, werden aber zu ihrem Trost entdecken, dass sie mit ihrem Leid nicht alleine ist. Allüberall aus den umliegenden Kofferraumluken lugen die Popos von Männern heraus, die versuchen, die Rücksitzbank umzuklappen. Um Platz für den Pack Teelichter und vier Tischsets ihrer Gattinnen zu schaffen.

PARKEN GEGENÜBER VERBOTEN

„Parken gegenüber verboten." So steht es da. In schwarzer Schrift auf gelbem Grund. Ein Schild, angebracht vornehmlich an Garagentoren oder vor gepflasterten Einfahrten in unserem schönen Deutschland. Ja, es ist eine teuflische Kombination – das Besitzen von eigenem Grund und das gänzliche Fehlen von Fahrpraxis. Oder wie sonst soll man sich diese Anweisung anders erklären als damit, dass derjenige, dem die Garage gehört, nicht in der Lage ist, rückwärts auszuparken, wenn auf der gegenüberliegenden Straßenseite ein anderes Auto steht.

Oder überwiegt vielleicht da doch eher Ordnungsdenken gepaart mit Besitzdemonstration und Regulierungsfreude?

Dem sehr ähnlich ist das Anbringen von Ketten vor Haus- und Hofeinfahrten. Gerne auch mit Vorhängeschloss versehen. Hier werden nicht selten Flächen gesperrt, auf denen sowieso niemand parken will, die aber ja eventuell als Wende- und Rangiermöglichkeit genutzt werden könnten, was natürlich ein ungeheurer, nicht zu duldender Vorgang wäre.

Diese Haushalte erkennen Sie auch schon beim bloßen Betrachten der Wohnzimmerfenster, die zur Straße zeigen. Sie sind mit dichten Gardinen geradezu verbarrikadiert, hinter denen man Leben allenfalls vermuten kann. Aus der Vermutung kann aber Gewissheit werden. Dazu muss man sich nur auf Bürgersteignähe heranwagen. Darauf nämlich reagiert die Gardinenfront ähnlich wie eine fleischfressende Pflanze oder eine Mimose auf

Berührung. Sie beginnt sofort, sich hektisch zu bewegen.

Denn der deutsche Grundstücksbeschilderungswüterich führt ein Leben direkt hinter der Gardine. Dort verbringt er seine Tage, stets aufmerksam beobachtend, ob es nicht doch jemand wagt, sich den schriftlichen und so eindeutigen Anweisungen zu widersetzen.

Und dann ist Spaß auf der Gass. Jetzt hat er endlich was zu tun. Darf raus und regeln. Sachtes Befahren des Bürgersteigs wird schon mit versteinerter Miene und erhobenem Zeigefinger geahndet.

Anweisungswidriges Parken gar mit in strengem Tonfall hervorgebrachten Tiraden. Zum grußlosen Dialogauftakt hier gerne genommen ist die Frage: „Könne Sie leese?"

Als Antwort empfiehlt sich vielleicht ein nettes: „Näh, awwer autofahre!"

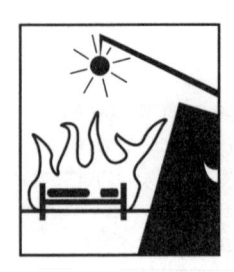

SANKT MARTIN, SANKT MARTIN ...

Der 11. November. Der Tag der roten Nasen. Je nach Lebenslage und persönlicher Orientierung gibt es für die rote Nase aber zwei unterschiedliche Erklärungen. Entweder trägt man sie als Karnevalist zur Begrüßung der fünften Jahreszeit. Oder man holt sie sich durch die Kälte beim Martinsumzug. Ach, und was hab ich in meinem Leben schon für Martinsumzüge erlebt. Oft denke ich an das Jahr zurück, als die Jungs von der örtlichen Feuerwehr in ihrem Elan etwas zu großzügig mit Benzin umgegangen waren, woraufhin man beim Entzünden des Martinsfeuers selbst zwei Straßen weiter noch ein sattes „Wuff" hörte.

Die Veranstaltung war damals ziemlich flott zu Ende. Dort, wo wir Kinder beim Abmarsch zum Umzug erwartungsvoll auf den noch intakten riesigen Scheiterhaufen geblickt hatten, war bei unserer Rückkehr nur noch ein kleiner, rauchender, schwarzer Aschenhügel übrig. Das, was einmal das vorm Sperrmüll gerettete alte Bett des Pfarrers gewesen sein musste, hatte sich in ein armseliges Häuflein Dreck verwandelt, das nur noch dezent glühte, als wir mit Apfelpunsch in der Hand drumrum standen.

Der Stimmung tat das aber trotzdem keinen Abbruch. Ohne sich etwas anmerken zu lassen, stieg Sankt Martin von seinem Pferd.

OK – das Pferd war ein Esel, und Sankt Martin war eine Frau, aber beides – ein Pferd und ein Mann waren für diesen Job in unserem Dorf einfach nicht aufzutreiben. Also, noch mal: Sankta Martina stieg vor dem kokelnden Häufchen Pfarrersbett vom Esel, legte den Feuerwehrmannhelm zur Seite, entledigte sich des Fetzens roten Gardinenstoffs um den Hals und fragte laut: „Kann mir mol änner e Bier uffmache?"

Da wussten wir alle: Der Umzug ist zu Ende und das gemütliche Beisammensein kann beginnen.

Das bestand dann darin, dass wir mit unseren Eltern zwei Stunden an der Ausgabe für die Martinsbrezeln anstanden, um dann festzustellen, dass wir nicht über den Brezel-Bon verfügten, der schon in der Vorwoche im Pfarrbüro ausgegeben worden war.

So stellten wir uns ohne Brezeln ums kokelnde Pfarrersbett, wackelten an unserem flackernden Laternenstab und sangen das Lied von Sankt Martin – begleitet vom Spielmannszug des Dorfes, der auf dieses Ereignis ein ganzes Jahr hin geprobt hatte und trotzdem nicht viel mehr als dieses „Sankt Martin" beherrschte.

Und wollten die Umstehenden dann noch ein wenig mehr hören, dann spielte man halt „*S´is Faasenacht.*"

TÜRCHEN FÜR TÜRCHEN

Da bin ich Kind geblieben! Wenn es drum geht, in der Adventszeit jeden Morgen ein Türchen zu öffnen, dann bin ich dabei. Und ich bin offenbar nicht der Einzige! Adventskalender sind so beliebt wie nie zuvor. Nur haben sie sich ein wenig verändert. In den siebziger Jahren – meiner Kinderzeit – waren es im Vergleich zu heute recht dünne Schachteln, nur wenig größer als ein DIN-A4-Blatt. Drei verschiedene Motive waren erhältlich. Herzlich lachender, dickbäuchiger, rotnasiger Weihnachtsmann auf gepflastertem Dorfplatz mit Glocke in der hoch erhobenen Hand. Oder gleicher Weihnachtsmann im Wohnzimmer mit Kamin und Tannenbaum, ein ihn am Rock zupfendes goldgelocktes Mädchen bescherend. Und: Blick aus dem Sprossenfenster auf den Nachthimmel, an welchem wieder der gleiche Weihnachtsmann in seinem Rentierschlitten von dannen zieht.

Hinter den Bildchen verbarg sich Tag für Tag ein Stück Schokolade, das schmeckte, als sei es noch vom letzten Jahr übrig. Eine Schokolade, wie es sie irgendwie nur im Adventskalender zu geben schien. Und die man wahrscheinlich gar nicht mehr gemocht hätte, wenn sie plötzlich besser geschmeckt hätte.

Diese Kalender gibt es auch heute noch. Offenbar sogar noch mit der Schokolade von damals. Aber sie haben große Brüder bekommen. Und in denen steckt heute das, was es früher noch nicht mal zu Weihnachten gegeben hat. Vierundzwanzig Kinderüberraschungseier. Vierundzwanzig Playmobilfiguren. Oder: jeden Morgen ein frisches Rubbellos.

Denn es ist richtig in Mode gekommen, dass auch Erwachsene sich mit Adventskalendern beschenken. Dies meistens am Morgen des ersten Dezember, wobei der schenkende Partner sich total romantisch vorkommt und der/die Beschenkte sich ob der anscheinend immer noch glühenden Verliebtheit des anderen sehr gerührt zeigt.

Für diese Klientel hat sich die Adventskalenderindustrie so manches einfallen lassen. Aber es gibt ja auch Menschen, die eher auf Selbstgebasteltes stehen. Insbesondere manche Mütter. Die schenken ihren Kindern keine Kalender mit ganz böser und ungesunder Schokolade; nein – die basteln bereits an kühlen Novemberabenden mit ganz viel Liebe eigenhändig einen Adventskalender. Mit kleinen Täschchen, in denen dann auch mal ein Multivitaminbonbon drin ist, oder ein Müsliriegel.

Und wie freuen sich diese Mütter, wenn die Kleinen dann aus der Schule heimkommen und fragen: „Mama, kriehn ich nächschd Johr aach widder so e scheener Schokoladeadventskalenna wie de Kevin?"

DIE SCHLACHT UM DEN TANNENBAUM

„Herr Friemel, do driwwer misse Sie mol e Friemelei mache!"
Das habe ich gestern gleich dreimal gehört. Aus dem Mund von drei unterschiedlichen Menschen. Aber sie alle hatten umgehend das Potenzial erkannt, das unser gemeinsames Erlebnis für eine kleine Geschichte bot.
Wir waren beim Weihnachtsbaumkauf. Man könnte auch sagen: Wir waren in die „Schlacht ums Bäämche" gezogen. Und offenbar hatten nicht nur wir Friemels bereits im Auto auf der Hinfahrt die aufregendsten Diskussionen darüber geführt, wie er denn nun in diesem Jahr auszusehen habe. Mal ein bisschen voller. Nee, lieber mal ein bisschen größer. Quatsch, endlich mal ein Stückchen kleiner. Und in diesem Jahr vielleicht zur Abwechslung mal eine Fichte anstatt einer Nordmanntanne. Derart konsensfrei betraten wir den Schauplatz des Geschehens.
Dort war die Schlacht schon in vollem Gange. An unterschiedlichen Stellen sah man Männer und Frauen, die den Ihren am ausgestreckten Arm Weihnachtsbäume präsentierten. Nur um daraufhin von der Familie wildes Kopfschütteln zu ernten. Und selbst wenn es auf den ersten Blick mal ein dezentes Nicken gab, war spätestens Schluss, wenn es ans Eingemachte ging: „Dreh 'ne mol erumm – damit ich 'ne von hinne siehn!"
Ja – es hörte sich ein bisschen so an, als seien die Menschen auf Partnersuche. Entweder war die Spitze nicht schön, der Wuchs untenrum zu dicht, die Statur

obenrum zu schmächtig – da könne man ja so gut wie nichts dranhängen! Und – wie verhext – fanden die Menschen immer gerade das schön, was ihren Partnern so gar nicht gefiel und umgekehrt. Bei zwei Familien kam es zu sehr lauten Gefühlsausbrüchen, zwei Baumreihen nebenan weinte ein Kind bitterlich, dem die Eltern gerade unmissverständlich klar gemacht hatten, dass nur sie über die Größe des Baumes entscheiden und nicht so ein kleiner Stöpsel.

Auch wir waren uns zunächst noch uneins. Aber dann sahen wir ihn. Knapp zwanzig Meter von uns entfernt lag er. Zwischen den hutzeligen Exemplaren, die ihn umgaben, fiel er kaum auf. Aber wir sahen ihn und wussten auf Anhieb, dass er es war.

Im Augenwinkel bemerkte ich, dass offenbar auch eine andere Familie ihn gerade ins Visier genommen hatte, und ich wusste: Ich musste handeln. Also erhob ich, während meine Frau schon losstürmte, die Stimme und ließ verlauten: „Achtung, Achtung! Dieses Gebiet ist im Umkreis von 30 Metern gesperrt. Gehen Sie weiter. Es gibt hier nichts zu sehen!"

Damit waren wir zwar die Attraktion für alle Umstehenden – aber wir bekamen auch, was wir wollten: unser Traum-Bäumchen, das mindestens bis zum nächsten Jahr dann wieder das schönste Bäumchen sein wird, das wir je hatten…

ZUM AUTOR

Michael Friemel hat seine berufliche Laufbahn nicht im Unterhaltungsbereich gestartet. Nach einem Betriebswirtschaftsstudium hat er einige Jahre als Produktmanager und Marketingberater gearbeitet. Ende der 1990er Jahre wechselte er dann zum Saarländischen Rundfunk, wo er inzwischen sowohl hinter dem Mikrofon als auch vor der Kamera aktiv ist. Im Radio weckt er das Saarland auf SR 3 Saarlandwelle. Die Fernseh-Zuschauer kennen ihn als Moderator der SR-Sendung „Flohmarkt". Im Ersten gehört Michael Friemel zum Moderatoren-Team des „ARD-Buffets" und erkundet in der Reisesendung „Da will ich hin!" regelmäßig Traumziele im In- und Ausland.

Aus seinen Radioglossen entstand sein erstes Buch, eine Auswahl aus den „Friemeleien", dem dann das Hörbuch folgte.

Friemeleien – Das Hörbuch
978-3-944040-90-5
Doppel-CD

Im Herbst 2011 feierten Michael Friemels beliebte Glossen auf SR3 Saarlandwelle ihr 10-jähriges Jubiläum. Pünktlich dazu erschien die Buchausgabe der „Friemeleien" – ein durchschlagender Erfolg, der noch vor Jahresende in die zweite Auflage ging. Bei zahlreichen Veranstaltungen hat der Radio- und Fernsehmoderator seitdem seine unterhaltsamen Alltagsgeschichten live präsentiert und das Publikum in seiner unnachahmlichen, höchst amüsanten Art jedes Mal begeistert.

Dieses Vergnügen kann man beim Hören der Doppel-CD teilen: „Friemeleien" vom Autor selbst eingelesen sowie der Live-Mitschnitt einer Lesung, darin auch Episoden, die in der Buchausgabe nicht enthalten sind. Damit kommen alle Fans in den doppelten Genuss: Michael Friemel als Autor und als großartiger Entertainer.

www.gollenstein.de

IMPRESSUM

Alle Rechte vorbehalten
© 2014 Gollenstein Verlag
Die BuchMarke der O.E.M. GmbH, Saarbrücken
www.gollenstein.de

Gestaltung: Timo Pfeifer
Druck und Bindung: CPI-Clausen & Bosse, Leck

Titelfoto: Oliver Elm

Printed in Germany
ISBN: 978-3-95633-023-0